时文
精粹

SHIWEN
JINGCUI

时文精粹 SHIWEN JINGCUI

让你看到更好的自己

邢淑兰◎著

煤炭工业出版社
·北京·

图书在版编目（CIP）数据

让你看到更好的自己 / 邢淑兰著. -- 北京：煤炭工业出版社，2016（2023.1 重印）
（时文精粹 / 陈勇，吴军主编）
ISBN 978-7-5020-5236-2

Ⅰ. ①让… Ⅱ. ①邢… Ⅲ. ①散文集—中国—当代 Ⅳ. ①I267

中国版本图书馆 CIP 数据核字（2016）第 053745 号

让你看到更好的自己

著　　者　邢淑兰
丛书主编　陈　勇　吴　军
责任编辑　马明仁
封面设计　宋双成

出版发行　煤炭工业出版社（北京市朝阳区芍药居 35 号　100029）
电　　话　010-84657898（总编室）
　　　　　　010-64018321（发行部）　010-84657880（读者服务部）
电子信箱　cciph612@126.com
网　　址　www.cciph.com.cn
印　　刷　北京飞达印刷有限责任公司
经　　销　全国新华书店

开　　本　710mm×1000mm 1/16　**印张**　14　**字数**　120 千字
版　　次　2016 年 5 月第 1 版　2023 年 1 月第 5 次印刷
社内编号　8087　　**定价**　46.00 元

序言 *Preface*

让你看到更好的自己

邢淑兰

在一个校园小记者组织的辩论会上，我作为评委进行点评，之后拿出自己的新书《当一株小草有了梦想》赠送给五位最佳辩手。

其中一个学生感慨地说：“谢谢老师，这是我长这么大以来拥有的第一本课外书。”

很悲哀，也很高兴。悲哀的是十七八岁的高中生，居然从来都不曾拥有过教辅之外的课外书；高兴的是我的文集成了他的第一本“窖藏”。

喜欢大山深处的酒窖，即使是同一个品牌，在商场的货架上看到和在深山的酒窖中看到，感觉也是不一样的。那些身上沁着一层凉气的壮实圆滚的酒缸使美酒附上了灵气。年深日久的寂寞酝酿，阴暗森凉的默默蹲守，怎能不熬出醉人的酒香？

其实，每个人都有自己的窖藏，有生活就有陈酿，有履历就有珍藏，只是不愿意写下来罢了。

如果不愿意写，走入深山闻闻别人的窖藏又何妨？

好书不是随心所欲、信手拈来的，它一定不是靠题目晃一下你的眼睛，让你的指尖迅速划过屏幕，夸一声：“说得好，快分享”，然后就忘了“分享”的内容，变成了岁月的飞尘。

好酒是给人以见识、给人以智慧、给人以思想的。

很多人愿意分享自己的“窖藏”：余秋雨告诫青年学生要“创建圈

外的生命，寻找远方的自己”；熊培云用“自由、慈悲、明辨、温暖”的文字让读者体会“乡愁是所有痛苦中最为高尚的痛苦，是可以恩泽灵魂的无私之欲”；陀思妥耶夫斯基的《罪与罚》让我们领悟“爱，可以让人重生”“一个人的心中蕴含着滋润另一个人心田的无穷无尽的生命之泉”……

毕淑敏来到北方小城，隐于父亲生前的卧室，用了三个月的时间，在母亲“女儿，你是在织布吗”的询问里，织出了生前的第一匹长布——长篇巨著《红处方》，她是一个懂得“窖藏”之秘的人。

哈佛大学教授王德威以“如此悲伤、如此愉悦、如此独特”恰切评价齐邦媛的《巨流河》，他是一个懂得“窖藏”之香的人。

在快餐阅读的时代，谁还愿意到深山中买一壶正宗的窖藏美酒？更不用说自己做深藏不露的造酒人了。

小时候，父亲喜欢让我陪他一起下地干活儿，有时候是拔玉米地里的荒草，有时候是和他一起拔麦子。

我因为自己没有力气，感觉帮不上多大忙而心存愧疚。

父亲说：“只要埋头干就是了，汗流得多了，你就知道你有多能干。”

是啊，当我感慨父亲很能干，能创造出超出我几倍的劳动成果时，我也感谢自己的小手，用磨出血的老茧，使漫无边际的玉米地少了几丛杂草，使无边无际的麦田少了几垄麦穗，也很了不起呢！

是的，我愿意探访名家醇厚的“窖藏”；也愿意用素淡的文字丰沛自己的窖藏，因为闻得多了、写得多了便能看到更好的自己；更愿意我的文字成为别人的“窖藏”，从而发现或看到更好的自己。这该是怎样美好的传递呢？

目录

Contents

第一辑

教 情

第二辑

亲 情

第三辑

友 情

第四辑

乡 情

第五辑

物 情

第六辑

世 情

第七辑
育 情

第八辑
爱 情

1

第一辑

教 情

孩子前进的动机在家长的言行里，孩子的醒悟或许只在一瞬间，我们每个成人也一定遇到过生活给予的大大小小的坎坷或重负，我很想让咱们的家长也和当年我的父亲一样，让你的孩子以心疼的目光，看到你是怎样走过山那边。

走过山那边

参加班里学生自己组织的家长会，班主任老师最后上台总结："这次家长会组织得很不成功，没有达到预期的效果，尤其让我不满意的是，孩子或家长没有受触动。"

班主任讲了自己的故事，作为对这次不太成功的家长会的补充：

我从小也像我们班的绝大多数男孩子一样，淘气贪玩。

我是白羊峪的。那里群山环抱，那时还没有公路。我父亲靠卖水果维持生计，秋天果子成熟的时候，他用自行车驮着到马兰庄去卖。

那时候我父亲已经有病了，只是还没有做彻底的检查，他并不知道自己的肺病已经到了不治的地步。

我上早自习先他一步出家门，可是左等右等，直到早自习铃响也没看到父亲的身影。

我心神不定，到学校外面去等，大崔庄高中门口的山路是去马兰庄的必经之路。

我等啊等，直到快九点钟我要绝望了、想骑车回家找他的时候，才看到父亲推车的身影。

看着父亲弓着身子推车上坡，我流泪了，跑过去帮忙，并暗下决心：我一定要考上，让父亲高兴！

自此我开始发愤读书，期末考试取得了好成绩，得到了一张奖状。我在学校门口把奖状拿给父亲看，他没让我带回家，而是放进了他的车篓里。

晚上他回家的时候，我发现那么粗糙薄脆的一张纸被卖了一天水果的父亲保存得平平展展、完好无损！

父亲说他饿了就看看奖状，就是这奖状让他忍住了饥饿，节省了一天五块钱的饭钱，翻过一个个山头，走过山那边，熬到家吃晚饭。

父亲去世后，我又走了一遍父亲常卖水果的山路，九曲十八弯的山路，不知道饿着肚子的父亲怎样走过，已是重病在身的他怎样把车子推上又推下靠拉长时间缩短距离。

我感谢父亲，感谢他让我这个懵懂顽童知道山那边有我的等待和牵挂，有沉甸甸的亲情和付出，让我下决心为了走过山那边的亲人过上好日子去拼搏、去奋斗。

很遗憾，参加咱们这次家长会的家长只占了百分之二十七，其实学校教育不能给孩子提供全部的动力，孩子前进的动机在家长的言行里，孩子的醒悟或许只在一瞬间，我们每个成人也一定遇到过生活给予的大大小小的坎坷或重负，我很想让咱们的家长也和当年我的父亲一样，让你的孩子以心疼的目光，看到你是怎样走过山那边的。

老彭，真帅！

听学生们称老彭为“小帅哥儿”我很诧异，他岁数看上去也不小了，虽然说不上是日落时分，但是说是过午的太阳总不过分，你看那抬头纹，能清晰成一道道小溪。年龄大，这也倒忍了，可是他还动不动就脸红，不管跟什么人，未曾说话先脸红！

如果这也算个优点，往时髦里说，顶多也就是个韩剧里的“大叔”，哪里算得上是“哥儿”？且还要冠以“帅”字？

果不其然，有同事就说他“娘娘腔”，说他整天就知道在学校这个“井”里捉虫吃，无暇“观天”，所以能够像不谙世事的纯情少女一样动辄脸红，把个害羞的天性保持得这么好。

这也罢了，还说他特别小气，每周都挎着个小篮子，里面装上洗漱用具到学校浴池洗“一毛五”的澡。买得起楼房难道安不起浴霸？再说了，挨着学校就有“梦里水乡洗浴城”，五块钱一张票，再花五块钱找个搓澡的，十元钱就搞定了，还用得着占学校点儿小便宜？

这个老彭！

我因病在高考前休假在家，因怕老母亲知道，所以婉拒同事登门探望的好意。

但是，老彭不断打电话来。他执意要到家里来看我！

他来了，带来了一堆好吃的还不算，临走还悄悄在水果篮里放了一百元钱！

这可就怪了，老彭可是跟“天皇老子”都没有人情的，不管你是谁，“我既不要你的，你也别要我的”，这是他行事的宗旨。倒也不全是因为钱，他说这叫“两省”！省钱省心！

但他确实有困难，在一次闲聊中我才知晓他爱人因为中专学历在医院不被承认，被逼无奈考上了研究生，每年一万元的学费自己掏，而尚未评上高职的他月工资也只有两千多元，既要负担儿子的学费、父母的养老金，又要负担爱人的学费，这日子怎么过?

他跟我说起这两年的日子的时候，眼圈都红了。

出门后，他给我打电话:“你好好养病，身体好些时，就到班上看看孩子们，没有你这个‘亲’语文老师，我怕孩子们没有主心骨，复习不上路，我代表孩子们谢谢你了！”

别说，这老彭还真有点“帅气”，我想。

这一年到北京招生，老彭更是为我们学校“帅气”了一把！

在一切都要公平竞争的年代，生源也要公平竞争了！

老彭作为领队，带着三个女班主任到北京的艺术院校去招生。别的学校的老师是带着“金钱”去的，人家有言在先：招来一个学生，立马答应给这个学生两千元钱，现场拍板兑现！

老彭硬是凭着多年王牌班主任的旗帜直接打入“敌人”内部，摸清“敌情”，先下手为强:“孩子们，明告诉你们，我们没有钱，但是我们有的是好成绩；我们不给你们补贴，但是我们配置最有经验的老师。你们想想，你们是为了钱才考学吗？你要是第一年考不上，得白搭父母多少血汗钱！”

老彭把历届学生成绩单往桌上一拍，每个名字后面都附有电话，尤其是那学校，更让人眼馋：中央音乐学院、鲁迅艺术学校、复旦大学……

尤显老彭“风度”的是，那三个女班主任在后面“捡吃捡喝”！

最后招生的结果是：县城的三个高中，我们学校虽然“空手套白狼”，但招的学生最多，而老彭旗下学生最少，都被那三位“队友”登记在册，抢走了！

闻听此事，那些说老彭“娘娘腔”的同事改换了口气，把老彭此行编成了评书，用这句话结尾：“真爷们儿！帅！”

冬去春来，由于班级情况有变动，年级主任给全体高三教师开“表态会”，表达一下自己对新接手的班级的设想，表表决心。

在大家“展望未来，大有作为”式的例行发言后，轮到了老彭。

他摇摇晃晃地站起来，脸色通红，像是喝醉了酒，有些吐字不清。但是最后几句话我们都听清了，老彭用颤抖的声音哽咽着说：“新的班级，我有信心带好！但我最想对各位说的是，我已经带了半年的七班拆了，分到了别的班级，这几十个孩子我不放心。老师们，拜托了，虽然这些孩子各有各的毛病，但是本质都不坏，希望大家多关照他们，像对待自己老班的孩子一样关心他们！我在这里替他们谢谢你们了！拜托了！各位！”

看着他拱手抱拳转圈那长长的一揖，我恍然明白：“小帅哥儿！”这个称呼真是名副其实！老彭，好帅！

我的节日

“老师，您辛苦了，今天是您的节日，祝您教师节快乐！”

9月10日是教师节，这一天是普天之下所有教师的节日，可是我却自私自爱地把它看成是专属于我的节日，因为每年的这一天，我的手机屏幕上都会闪烁着令我心花怒放的提示：“空间已满！”

是啊，短信如雪片，堆满了我的空间，几乎所有的信息都有这样一句让我飘飘欲仙的话：“老师，今天是您的节日！”

这一天，离我如此之近；这一天，朵朵桃李为我开，怎不让我神思飞扬？

“恩师，今天是您的节日，铭记在心的是您谆谆的教诲；珍藏在心的是您殷殷的关怀；感激在心的是您殷殷的指点。教师节，把心翻遍，唯愿您节日快乐！”

这是那个情深意重的瘦瘦的小伙子，说话直率，富有同情心。当我把羽绒服落在教室时，有个同学怕粘上粉笔灰，将衣服放在窗台上。他走过去，怕衣服被窗户上流下的呵气弄湿，放在腿上，抱了一节课！

他在课堂上站着听课，努力战胜睡魔，精神抖擞地听课，硬是将语文成绩提高了 30 多分。他现在上大四，在我的建议下，放弃了到西安、成都、北京实习的宝贵机会，参加暑假集训，在国家大学生运动会上，获得了团体第二名的好成绩，他嘱咐我：“老师，上网，看弟子高举奖杯的照片！”

“感谢恩师，有道彩虹，不出现在雨后，也不出现在天空，它却出现在我的心中，感染着我，让我懂得认认真真地做事，清清白白地做人。老师，节日快乐！”

她是我的现任课代表，很沉默的一个学生，很有个性。她说：“老师，加我好友，名字不要起得那么正经，名字上带上语气词或标点，我们会更喜欢，别被时代淘汰！”

“亲爱的老师，节日快乐！”

是他，今年考上中央音乐学院的捣蛋鬼。第一节给他们上语文课时，他假装帮我发卷子，在过道里一横，我根本挤不过去，同学们哄堂大笑。原来他故意用他高大的身躯，充分利用他凸起的大肚子的优势挡住我的去路。一高一矮，一胖一瘦，我俩成了过道里快乐的风景！此后，“笑”成了我们的符号，见面就笑。即使上大学了，在遥远的首都，他也没忘调皮地呼我“亲爱的老师”，惹我一笑！

“老师，今天是您的节日，冒昧地代表您的学生向您问声好！沧海一粟，您认为我是谁我就是谁，我只是您数不清的学生之一，感激您的教化，心存感激无数！愿您身体健康、工作顺利、节日快乐！”

这是不署名的问候，这是故意留白的祝福，一个人祝福还不算，还代表所有学兄、学弟、学姊、学妹祝福我，唯恐哪一个学生忘了我的节日，所以代为问候！

“白色的粉笔末，一阵阵地飘落，它染白了您的黑发，却把您青春的绿色映衬得更加浓郁。老师，记得与您相处的每一个寒暑晨昏，祝您节日快乐！”

执教十八载，额前飘起了白发，几多伤感，几多无奈，几多慨叹，但是，我的学生，用他们的细心为我完成了一个更年期的转换：有时白发是为了映衬青春绿色的浓郁，谁说白发不是一种骄傲？

“老师，今天是您的节日，祝您节日快乐！”

我中午刚迷迷糊糊地睡着，手机响了，一个遥远的祝福传入耳鼓。原来是他，我的第一届弟子，十八年过去了，他在大洋彼岸，在9月10日这一天，拨通了国际长途。他说，不拨受不了，这一天是老师的节日，他的祝福，不是意外，是必需！

他是代表浙江大学出国讲学的学者，跟我说话时，仍旧是当年那个长不大的孩子。

不再抖落家底了，因为刚刚又收到了一条信息：“老师，悠着点，年年高三，别累着，辛苦了！”

我心波动：“有了你们，苦也是乐。”

就把这句话，作为我在我的节日对所有学生的回复吧！

幸福树

银玲老师拿着讲义哭着跑进候课室。

“可下课了！这课上不了了我不上了！”

侯主任憨厚地笑，不答言。

等她哭够了，才慢悠悠地说：“这只是开始，调整调整，适应了就好了，老教师了，得沉得住气！”

“我本来就有三节课，再加上给他们代课，我这两天嗓子都哑了，牙疼，可是他们居然不好好听讲，在底下说话，真是气死我了！”

“哐当”，门被猛地推开，江老师像风一样闯进候课室，趴在桌上就哭！

“今儿是什么日子？不会是‘抑郁节’吧？”侯主任安慰完银玲老师，又来到江老师桌前。

江老师头也不抬地呜咽：“昨晚的化学‘限时’，我在候课室搞夜战判分，好能在今天上课前发给他们，趁热打铁，查漏补缺！临走的时候，东西楼门都上锁了，我从中间的楼梯出大门，到家时我们那口子还骂我‘离了你，你们学校不转了？’我这一肚子委屈跟谁说？可是，今天上课，我数了数，居然有七个人不听讲，有的还带着耳机，我硬挺着上完了课，实在受不了，真憋屈！”

侯主任笑笑：“你呀，你没看咱今年招的学生都是啥基础？二三百分的大有人在，家长的目标很明确：‘不惹事，在高中混三年就得了！’所以，对这些基础特别差的孩子，他们能稳稳当当地坐在课堂上我们就要知足，然后再考虑让他们听讲，一步步来，他们也会一天天懂事儿的，只要我们这样付出，他们又不是石头，总有一天会被焐热的！”

江老师终于抬起了头：“道理我懂，就是看见不听讲的学生就受不了！”

这时秀雅老师一扭一扭地走进来，她患有严重的腰椎病，上课时间长了，只能躺着，严重时起不来。

她说：“昨天，我差点儿出事儿！”

我们吃惊。

她接着说：“我大姑子的儿子结婚，特意安排我陪新娘子。可我这腰椎病犯了，动不了，手没劲儿，饭碗眼瞅着就要掉地上了，我忍住没动，用腿接住了！心想，宁可回家洗新裤子，也不能让人家心里恶心！我妈说我们姐儿几个我最壮，连感冒都不得，谁想到我得了这么严重的腰椎间盘突出，我还不到40岁啊。要不是看着大老李那么大岁数得给我带三个班的课，我是一定要在家里休养的。我算了算，赚这几毛钱的工资还不够我输液、扎针的！”

说完，她把三把椅子并在一起，躺下放松。

“听说上面要来拉练检查！”

“查吧查吧，最好把咱们这个冷屋查出来，让他们备半天课，看看他们啥表现！”

说是这样说，但是备课的气氛不减。有的低头判作业，有的制卡片，银铃老师把“现时”的分数进行汇总，分成“最棒！”“高手！”“单项冠军”，贴在讲义里；江老师低头检视成绩单，忙着在成绩旁边插小红旗。

办公桌上除了书、作业，就是成绩单、各种排名表。

热闹的候课室安静下来，静得能听见冷风从窗外穿梭而过，像轻微的狼嗥时远时近。

我低头判周考试卷，得在四点之前结束“战斗”，不能影响第七、八节课。

两个小时，一动不动，不喝水，也不去卫生间，笔尖飞快，当感觉到脖子僵硬的时候，分数搞定了！

这时，疲惫袭来，手脚冰凉，我伸伸腰，踱到北边的暖气管旁焐手取暖。

看看周围的人，都在飞笔忙碌，没人在意寒意的侵扰。

不经意间瞥到了杨海桌上的一盆“树”，这是一株什么树呢？状似石榴，挤挤挨挨的枝杈间贴满了白色的“纸片”：“教师应该永远拥有一盏永不熄灭的希望之灯”“我在，故我思！”“今日是金，明日是尘”“教师的威信首先建立在责任心上”……每一个纸片后面都写着一个教师的名字。呵呵，这个小杨海，沉默寡言，居然能写出这么漂亮的蝇头小楷，给整天忙碌的像“蚂蚁”一样的同室二十多位教师贴上了闪亮的标签。

我慨然长叹：“好别致的石榴树！”

坐在树前的刘老师抬头更正：“这不是石榴树，这叫‘幸福树’！是咱们年级的学生送的，孩子们说，咱们这届老师都挺好，做咱们的学生很幸福！”

哦，好幸福！

或许，对于一个教师来说，人间的冷暖不算什么，最幸福的事莫过于在寒凉的冬天，面对一棵弱小的树苗亦能忙碌得春光四溅！

无脚的青春

第一次步入初一的大门，我是老实的。

远远地旁观那些打架打红眼的孩子，绕过去走，不愿靠近。

慢慢地，熟悉了校园生活，对听课毫无兴趣的我开始留心那些打架斗殴的孩子，他们好像也知道我不是老师的宠儿，是个娇生惯养的富二代，他们的目光开始投向我。

当再一次在学校门口碰上打架事件时，我掏出烟，点上，歪头在一边观看，感觉无比兴奋，学习算什么，课有什么好听的，打架多过瘾，让我热血沸腾。

我开始夜不归宿，为了逃避妈妈的围追堵截，我住在姥姥家。姥姥不但管不了我，还护着我。

我半夜到湖上找朋友飙车，我们开着几百万元的汽车带上两个小妞在街上飞驰，然后到歌厅拼歌儿，真过瘾！

妈妈气坏了，她能准确地闻出我嘴里的烟味儿，那又怎样？

我不是不听妈妈的话，可是一离开妈妈，走到我的哥们儿群里，就犯烟瘾，人家都抽，凭啥我不抽？

这人哪，就是这么回事儿，若是你在海边看着有人驾着汽艇向你招手，你高兴还来不及呢，还有工夫回想那些不愉快的事儿？赶快上艇，管明天怎么过呢！

当老大真过瘾，我只需往旁边一站，一使眼色，我的小哥们儿就会上！

妈妈也管我了，爸爸也说我了，我不是不听话的孩子，在他们面前流的眼泪也都是真的，可是一出家门就把他们的嘱咐抛到九霄云外了。

我十六岁了，妈妈给我找了辅导老师，冲刺中考！

一开始还真坚持不住，晚上两三点钟睡觉，第二天睡到中午十二点已成了习惯，让我突然早上八点钟就坐在桌子旁上课，真困！

不过我有绝招，只要我不想听课，我就能找到各种“逃课”的办法，比如把水倒入瓶盖儿一点点儿喝，或者摸摸桌子、动动椅子，或者用“老师你说”来引诱老师说话。

可是，有的老师不好对付，这下算是碰上硬碴儿了，这也太狠了，三两句话能把我说哭，我一个大男子汉哭得稀里哗啦，真掉价。

可是看着她气得脸发白的样子，我就心软了，算了，不糊弄她了，晚上到家把她讲过的题再复习一遍，这不算什么。

破天荒，我学习到了十一点。

我都学成这样了，她还不满意，她居然瞪着眼睛数落我不用心！你以为你是谁呀？也不是说，除了我爸，谁都不敢管我，就你教我挣这两毛钱还不够我一天消费的，竟敢对我指手画脚！

我不上了行不行啊？你说吧，我让你说，我不奉陪了！

去哪儿呢？不知为什么不想找那些哥们儿，那就顺着大街走吧。

真想什么都不想，可是，她的话挥之不去：“爸爸能开矿，若是到了我们这一代，矿没了可怎么办？”即使爸爸有钱，我大学毕业后买房、买车跟爸爸伸手要钱，什么滋味？跟妈妈要？妈妈没工作，还靠爸爸养活呢，我怎么好意思开口？

对了，她还问我来着：苏秦为什么要“头悬梁，锥刺股”地读书，我忘了我说啥了，但是她说是因为一个人没出息的话连爸爸妈妈、哥哥嫂子都看不起。

是的，她说得有道理，不能总这么混，即使在迁安混得再好也不叫有大出息。我得走出去，那时候即使回来，也会很得意。

让她生这么大气真是不应该，她数落得对。

怪了，心里难受得很。

忽然很担心：她的颈椎受得了吗？刚刚做完手术；她的心脏受得了吗？她有心脏病；哎呀呀，她血压高，我摔门而去，她会不会晕倒？

不行，不能再闲逛了，心里堵得慌，我得去看看她，她这个人，真是的，让我这么心软！

推门进来，见她无恙，我情不自禁地就蹦出了一句话：“老师，别生气了，我好好学！”

她拍拍我的肩，我俩同时长出一口气，感觉悬空多年的青春的脚步踏实地落在了地上。

空间

镶地板砖的时候，我发现我家的地板砖镶得不如二楼的漂亮。乳白色的瓷砖，中间有一道黑缝儿，显得不够紧凑。而二楼的瓷砖颜色跟我家的差不多，不但黑缝儿小，即使有细微的黑缝儿也被粘上了星形图案，别致而美观。

镶瓷砖的大哥说："留出足够的缝隙，地板才不会鼓起来，听我的没错！"

十多年过去了，二楼的地板已经鼓起一个个大包，一走路一忽闪，而我家的地板一点儿也没有变形。

是的，有了空间，才有发展的余地。

九九重阳老人节，和学生们到敬老院慰问老人。这些学生都是在校园才艺大赛上获奖的选手，他们兴致勃勃地坐在老人旁边观看节目。看着看着，我有些坐不住了，因为感觉到了两者的场合不同，一个是校园竞赛，一个是敬老院小院；目的不同，一个是为了获奖，一个是为了营造气氛。我找来领队的，来不及详细交代了，让她看着办。

我看到这个长着长长的睫毛的漂亮女生走过去跟她的同学一一交代，单独表演的同学好说，若是一个小团队她则把他们领到一边商量，甚至一句一句斟酌字句：“祝爷爷奶奶身体健康、寿比南山怎样？”“祝爷爷奶奶吉祥久久、幸福久久怎样？”……直到达成一致。

学生们演出的水平倒在其次，他们真挚的祝福很让人感动。一个护工说：“我的孩子大了，我也让他参加这种活动，多受教育啊！”

我对那个领队女生眨眨眼睛，竖起大拇指，真棒！

一个女孩子上课老爱趴着，每次把她叫起来她都有够硬的理由等着我，她在我一次次的同情和信任中屡“叫”不改。

看她上课连书都不拿，又趴着，我真是很生气，走过去把她拍起来，本来我想跟她大发脾气，可是这次她变了，立马坐精神了，飞快地说：“我改！”

我的火气顿消，看着她拿出书，装作看得很认真的样子。

就这样，她由趴着该为“装”，装作看书的样子，其实连笔都不拿。

有意思的是我很执着地管她让她形成了条件反射，只要我一立到她身边，她马上就会很精神地大声跟我说：“老师我改！”

呵呵，就这样，我们像两个配合很好的搭档，我怕她懒，她怕我生气，她慢慢地会跟我炫耀她做出的一两道题，我慢慢地习惯不生她的气，接近她，喜欢她。

看到她下课送给我的如花笑靥，很庆幸，我没有靠师道尊严强行逼出一个结果，毛病或缺点都要有一个改正的过程，耐心等待是我要做好的功课。

最让我头疼的是一个小伙子，黑黑瘦瘦的，脾气很倔，若是回答问题不给小组加分，他啪唧一声就趴在课桌上，眯眼假寐，好像他学习就是为了加分。他平时听讲也不认真，动不动就展开小范围私聊。

我观察他，他其实很聪明，就是不真干，坐不住冷板凳。有一次我讲《烛之武退秦师》，前两段大家都会背了，他还不知所云，我问他怎么不跟着大家一起背，他说他听不懂。看看该下课了，我说："听不懂没关系，你把书上的注释好好看一遍，试着自己翻译前两段，不懂的课下问我，或问同学。第三段的讲解由你负责，下节课上课前，你到讲台上给大家讲"烛之武是如何退秦师"的。"

不等他作出反应，我在教室高声宣布："明天语文课前由付贺炜同学给大家主讲'烛之武是如何退秦师的'，大家为他加油！"

他把这个问题在草稿纸上一遍一遍地写，征求我的意见，一遍遍修改，到讲台上讲解的时候已经把握得很透了。

没想到《烛之武退秦师》的主体内容被付贺炜轻而易举地拿下了，而这部分内容即使是一对一辅导也要一个小时的！看着学生们和付贺炜一起互动，真高兴啊！

给孩子的成长留有空间，让生命舒展，让激情永恒，给你微笑，给你掌声，给你期待和信赖！

让我们一起得奖

一转眼两个月过去了。

回忆两个月的相处时光我很惭愧，因为我感到我对你们的笑脸越来越少，严厉的责备越来越多。

一开始，我是快乐的，我们快乐地学习了《鸿门宴》《烛之武退秦师》，我喜欢主动预习的刘兰妹，我喜欢翻译精准的张立鹏，我喜欢说到做到的付贺炜，我喜欢雷厉风行的王树俊，我喜欢文采飞扬的尹春芳，我喜欢上课爱睡觉、下课会说好话的周子辉、孙嘉、刘杰……

但是后来，有了变化，我开始受不了你们了。

我的大科代表王俊居然把语文书弄丢了，上课一点儿也不学，不是睡觉就是玩儿，我把我的语文书借给他也不管事儿，他依然故我，语文作业的收发也不到位，甚至连他自己都不写。

付贺炜爱发牢骚、耍小性子，说不学了，央求都没用。

孙嘉作为咱们班的文宣部长，一个稿子也不写，不但如此，也不知道妥善保管咱们的校报、《中国青年》等资料，上课除了睡觉就是说话，要么就是摆弄小镜子。周子辉就更不用说了，睡、说，说、睡，基本不参加集体互动。

周五我值班闲聊的时候，碰到几个也教咱们班课的老师，他们同时也教别的班，对咱们班评价很差，说别的班不管基础好坏，都有刨根问底的劲儿，而咱们班总有一些人啥都不干，晚上在咱们班看自习都头疼。

我也感觉到了问题的严重，好逸恶劳的风气在蔓延，杨鸿飞、梁广仁、邹泽听课习惯不好，直接影响了其他同学，李联、陆鹏忽好忽坏，魏龙、蔡佳也时而打瞌睡。

这可如何是好？

于是，我不得不反复提你们的名字，送给你们的笑容越来越少，送给你们的脾气越来越大。

我想干什么呢？想拯救你们！

不能容忍你们犯错误，于是我的错误就越犯越大，有时候气得我走出教室还缓不过劲儿来，难过地想，我拼命讲课，他们却不学。

不能再这样继续下去了。

下课后我不再着急走，主动跟你们交谈，通过谈话我知道我所厌恶的你们的毛病，在同学们中并没有引起共鸣，他们提到的都是你们好的一面，而我仅仅以听讲状态来评估你们。

我错了，我没能看到你们闪光的一面，我没有权力以上帝的身份拯救你们。

周五在餐厅执勤的时候，胡林峰很礼貌地过来跟我打招呼，我为自己羞愧了：我曾经因为胡林峰不好好听讲生过气，毫不客气地批评他，而他对我不是远远地绕开，这让我很意外。

还有付贺炜，非但不记着我的批评，昨天还说："你当我们班主任呗。"尽管这里面可能有逃避责罚的成分，但是我仍旧对这份宽容心存感激。

期中考试前两天，任俊雄跟我说："老师，我考多少分，你能给我发个奖状，家长会的时候给家长看？"

我说："你呀，110分，你有素质，你要是考110分，我就单独给你发奖状！"杨鸿飞、梁广仁也来劲儿了，我说："给你们俩定80分吧，80分的话我发给你们进步奖！"我在教室门口看到你们挤在一起盼着我"发奖"的小脑袋，感觉到了你们的可爱。

看到任俊雄的试卷，名句背诵得了课本背诵的满分：6分！我很欣慰，说明他真的用功了！

我为我因为真生你们的气而制造的压抑气氛而道歉，我愿意在你们一点点的进步里把怒颜换成笑脸，我愿意向你们学习，不管你们怎样气我，我都喜欢你们，像你们喜欢我一样。

对不起，周子辉，昨天你说："老师，我的作文跑题了，这次我考得不错的！"我没有理你，而是说："不要找偶然的因素，你上课的心态决定你的成绩，平时不好好听讲，最终的结果不会好！"

我说的话没有错，但是我的态度有错。我不应该无视你对试卷的分析。我承诺：今后，即使你上课再气我，下课我也会好好听你说话。

随着日子的延长，你们的毛病会暴露得越来越多，这很正常。我不会再以上帝的心态去强行改变你们，我会尽我努力给你们营造宽松的学习气氛，等待你们成长。

孩子们，你们都不是上帝，老师也不是，我们都可能有状态不佳、有犯错误的时候，但是我们每天进步一点点，我们就会获得生活赐予我们的奖状，如果我们不能得"一等奖"，那就让我们一起得"进步奖"吧！

用心倾听

人与人交往的时候，会出现一些小障碍，把小的障碍无限扩大就是“矛盾”，将“矛盾”肆意夸大就会升级为“隔阂”，有了隔阂，就可能衍化为抱怨。

上下级、同事、师生关系也是如此。

难道偏巧我们抱怨的人都让我们遇上了，都不是“好东西”吗？

事实并非如此。

只因为我们缺乏沟通和了解，而沟通和了解的最好方式就是“倾听”。

心理学上说“被听见就是被重视，它满足了自我表达及与他人沟通联系的需要”。

倾听是一种胸怀。尝试一下，在别人说话的时候不打断别人，等待对方把话说完。倾听，是对别人的尊重，有了尊重，才谈得上了解；有了了解，才能做出对事物准确的判断，才不至于冤枉一个人，也不至于盲从一个人。善于倾听的人能够显示智者胸襟，能够走进别人内心，拉近距离，拆除心障，唤起对方的敬服之感。

倾听是一种成长。“倾听是你了解认识这个世界的重要途径，婴幼儿就是在倾听中渐渐地成长起来的。”尝试一下，在倾听别人说话之前先把自己的脑袋清空，不受主观情绪的支配，深呼吸，冷静下来。倾听，会检索自己的所思所想是否片面；倾听，会反省自己所作所为是否得当。先给头脑清盘，才有足够的空间容纳对自己有益的指点和帮助。学会倾听，能少走弯路，会成长得更快。

倾听是一种素养。有跟别人诉说的冲动是天性，而耐心倾听别人的诉说是素养。在别人还没有说完的时候就打断别人的谈话是一种目中无人的自以为是，即使你真的猜对了谈话的内容而突然打断别人，也不会让人感受到你的聪明，只会让人觉得你很粗鲁。

倾听是一种善良。人只有具备同理心才可能心域宽阔，而“倾听”正是一种蹲下身来、伸出手去、捧出心来的姿态，有了这种“倾听”的姿态，才会主动去接近对方、理解对方，才会转过身来替对方着想，才会跳出自己的成见打开心窗去探视另一颗心灵，“倾听”本身就是一种抚慰、一种温暖、一种悦纳，而理解、同情、体恤本身就是善良的体现。

倾听是一种快乐。人与人之间没有深仇大恨，心怀抱怨只是因为心结没有解开。学会倾听吧，只要我们忍耐住，别试图插话，别固执地钻在自己的牛角尖里，就会发现世界不是我们原先看到的那么寒凉。倾听能让坚冰融化，倾听能让阴霾散开，倾听能让阳光照进，倾听能让春天走来。倾听会让人快乐地感到人间有大诚、世间有大爱。

用心倾听才会有所发现。用心倾听才会发现问题，从而巧妙破解；用心倾听才会发现真相，从而减少摩擦；用心倾听才会发现良方，从而学习受益；用心倾听，才会发现兴趣，从而设法扶持……

在没有足够的准备去倾听百鸟鸣叫的时候，请不要抱怨所有的鸟鸣都像乌鸦在聒噪；

在没有足够的耐心去倾听别人的一席谈话的时候，请不要抱怨所有的人都是你前进路上的瘟神；

在没有足够的心胸去倾听学生的需求的时候，请不要抱怨所有的孩子都是朽木一根！

您是我明媚的阳光

人来人往的人群中，您把温暖的目光投向我，我便像初春的小草在您的滋润下成长，在您的关爱中绽绿。

是您给了我无条件的援助，是您给了我无功利的付出，是您给了我一分亲情，一分时时萦绕心头的思念。

是您让我执着地相信无论世事如何变换，还是好人多；是您让我时时觉得无论经历怎样的风雨，明媚的阳光始终在我的身边环绕。

是您让我懂得有一种喜欢叫“心照不宣”，是您让我知道有一种恩情叫“不求回报”，是您让我坚信有一种爱心叫“大爱无疆”。

与您相识是我成长中的一件幸事。

在那段学校折价售书的日子，每当下课铃一响，我就像出笼的云雀，轻灵地飞到您的身旁，我从一堆堆落满尘土的杂志中挑出我最喜欢的刊物。一次又一次抱着一摞书找您结算，您当时和另一位老师坐在门口收款。您注意到了我，热心地询问我的情况。当您得知我是用自己辛苦家教赚来的钱买书时，您心疼地对我说：“别买这么多过时的刊物了，想看书到图书馆找我，老师的书卡借给你。”

您送了我一个特殊的名字“小朋友”。我一从您身边经过，您就会热心地把我介绍给您的同事。很快，我被咱们校图书馆的许多老师所熟悉，他们都知道我是老师要好的“小朋友”，我也因此借阅了许多中外名著。

从此，我的书桌里有了比别的同学多一倍的书。我抚摩着书页，如饥似渴地阅读您借给我的书籍。

正因为我的背后有您关注的目光，我的大学生活才没有在花前月下溜走，才没有在舞会和逛街中消磨，十五年后的今天我才真正地明白我的职业底气和扎实的专业基本功离不开这段重要的阅读经历，而这离不开您的热心和支持。

与您相知是我成长中最温暖的回忆。

眼看快毕业了，我有幸成为我们班中幸运的一员，成为我系七个保送名额中的一个，到省城继续读书。

毕业前夕，我到图书馆与您告别。您知道了这个消息异常高兴，询问我升学要花多少钱，我说："不多，两年两千元就够了。"您笑着说："用钱了跟老师说话。"

我到家后把咱们的谈话和父亲说了。父亲说，和亲人借不如和您借，这样对我有好处。于是我和七十多岁的父亲来找您，您二话没说，骑着摩托车就到银行给我取钱。秋风刮起的梧桐树叶随风飞舞，您的背影在秋风中健美而潇洒。

如果说有一种感情叫信任，如果说有一种感情叫美好，如果说有一种感情叫刻骨铭心，那么我亲爱的王老师，您给了我这一切，您给我的不是简简单单的物质上的援助，而是让我感觉到在这个世界上花是美的，叶是绿的，泥土是芬芳的，阳光是明媚的，情意是无价的。

您给予我的是精神的大餐，是爱的盛宴，是我一生受用不尽的对自己的肯定和对他人的信任。

二十年了，老师，我记得您年轻的容颜，记得您健美的身材，记得老师带我到饭店给我增加营养，那一箸箸为我夹起的菜肴泛着老师爱的馨香；记得老师送我的一百元零用钱，那张普通的纸币在阳光下闪着红润的光泽；记得老师送我去读书时深情的叮嘱，那柔柔细语如醇美的甘露丝丝播入我的心田……

往事可能被流逝的岁月风干，情意却如同醇酒，历久弥香。

相信人生有例外

目送女儿进校门，在学校门口，来了一个大个子小伙子，居然还叼着烟卷，上课铃已经响过了，他不慌不忙地往学校晃。

学校门口有个拄着拐杖背着破褡裢的驼背老人，伸出搪瓷缸子要钱。我心里虽然很同情这个老人，但是仍旧不敢去送钱，怕他是乞丐中的赝品。

这个孩子走近老人，伸手摸兜，把口袋翻过来也没找到一分钱，他对老人笑笑："今儿跟我妈要的一百块钱全花光了，不好意思。"

老人缩回手说："孩子，你不给我钱没关系，但是你千万不能长大了像我一样活着。"

孩子怔了怔，吐掉半截没吸完的烟卷，进校门的时候回头冲老人笑了笑。

这真是个例外，我猜想老人会因为孩子没钱给他而失望，我猜想闲荡惯了的孩子不会感知老人的语重心长，没想到我猜错了。

暑假期间，接触了一个孩子，这个孩子的父母亲忙于做买卖无暇顾及孩子的学习，当发现孩子已经成了打架斗殴的学校"老大"时才把重心转移到孩子身上。

我以为这样不知道学习只知道花钱打架的花花公子一定有很多恶习，这些恶习让我在心理上跟孩子很疏远。

可是，当我跟他接触了一段时间后，发现这个孩子很有上进心，下午上课前，桌面上布满了他背写的纸片，尽管几乎没有一张是全对的，但是他的努力让我感动。

他说："老师，在你之前，我从来没有这样喜欢过语文，我以前以为语文是不用学习的。现在每天中午我都要看书，背好句子，不这样睡不着。"

我来了劲儿，带着他一起背诵《赤壁赋》。

他忽然问我："老师，你说我能考上中国政法大学吗？"

我说："当然能啊，努力皆有可能。我们有缘成为师生，我还盼着你考上大学后回迁安看我呢！"

他得意地笑道："那是！我最孝顺了！"

我笑道："你对你妈好不？"

他说："别看我什么坏事儿都干，但是我最知道我妈的好了。有一次打架我给一个孩子肚子打疼了，好几个孩子在场，家长们都为自己孩子说情，我妈到场后就说，有我儿子参与，我们承担责任。她不但给那个孩子报销了全部医药费，还资助那个孩子上学。那个孩子的父母都很感激我妈，那小子认我妈做干妈了！我妈的处事作风让我很服气！我也要做个像我妈一样善良的人。"

哦，又是个例外。原以为打架的孩子不是好孩子，原以为"为富"两个字多和"不仁"联系在一起，原来，这"原以为"是片面的。

还接触了一个特别的孩子，孩子的亲友说这孩子什么坏事都做，结交一帮小哥们儿，以惹事为嗜好。

我在脑海里想象了一下这个孩子被母亲逼着补课的愤怒和痛苦。

得知他在天津上学，我问他："你在天津上学还习惯吗？"

他腼腆地笑笑说："开始不习惯，他们说话拐弯儿！"

他仿照天津老师的口音给我举了个例子:“会了吗?”

我俩大笑，关系融洽了。

他虽然基础差，但是吸收新知识相当快，我很满意，一个小时后，让他休息几分钟。我以为他会玩儿手机，没想到他拿起一个空饮料瓶接来一瓶清水，他对我笑笑说:“老师，你看!”

他弯腰，在我们上课的屋子的地上有一盆硕大的万年青，由于暑假期间无人浇水，枝叶已经耷拉了，他把一瓶水浇下去说:“老师你看，这万年青的叶子应该是饱满的，可是由于缺水都瘪了，但是它的枝干还在泛绿，说明它的体内还储备着一点水分，它还有生命，我坚持给它浇水它就缓过来了!”

看到花盆里的水迅速被吸干，他又跑出去接了一瓶水浇上。

他的想法很简单:“既然我在，就不能眼看着它干巴死。”

看着这个强壮高大的小伙子俯身温柔地对待一棵快死掉的万年青，我在心里对他前嫌尽弃，心里的阴霾一扫而光。

我决心以我的心血浇灌这些和我有师生缘分的孩子，不再相信道听途说的关于他们品学不好的议论，我要相信我的眼睛。

或许，任何一个朝代，负面的信息和正面的信息一样多，不要被别人舌头下的“黑暗”吓倒，要始终相信人生有“例外”，正是这些让我们的心潮湿的“例外”激励我们阳光明媚地走下去，在泥沙俱下的人世间留下一串串欣慰的笑，书写一个个安静的好。

好想让你生生气

一

真不够意思，鄙视你！

看着你在讲台上嗓子都嚷哑了，我在课桌下摆弄手机，头都懒得抬。

不光是我，我让我的九个哥儿们也不听课，不但不听课，还要给你的讲课制造点“效果”：不该说的时候说，该说的时候不说；想笑就笑，想咳嗽就咳嗽，光是我们十个人清喉咙就足以压制你的声音。

顶不住了吧？喝水管什么用，越喝越哑，除非你不说话；可是你不说话，我们就可以告你的状，我们可以不听，但你不能不好好讲。

你在台前说，我的几个哥们儿在台下说，看谁挺得住。

我手不闲着，有个四川的小姑娘发来一张图片，可真好玩儿，我肆无忌惮，笑出了声。

我知道你在看着我。

那又怎样？

我不笑可以，但是绝不会听课！

你终于说不出话了，停顿一会儿又接着嚷。你真是自找苦吃，你的嗓音再大，能压住众声？

不玩儿手机了，趴着睡觉！

做了个乱七八糟的梦，梦里你居然把我拉到办公室单独训话。

上你的课真遭罪，做梦都能听见你的唠叨，郁闷！

真没想到你是这样的人，我们十个人这些天憋坏了，琢磨着你性格柔顺，不怎么批评我们，所以趁着上你的语文课偷偷打一场篮球。你偷偷告诉我们班主任，害得我们每人被罚十元钱充作班费。这倒罢了，还写检查，还通知家长，真没想到你看着面善，实际上心最狠！

打小报告，算什么本事？！

你梗着脖子，嗓子哑得都变声了，还在嚷"做诗歌鉴赏题要盯准题目，分清是什么题材……"你缺心眼儿呀？

二

张琳说她中午在"海霞"小吃部看到你了。她说你要了八个菜包子，说你居然给16班的两个正在小吃部吃饭的小子要了两条红烧鱼！

虽然我们大家都知道其中的一个小子家里很困难，他经常只买一个馒头不吃菜，但你的行为仍旧让我不屑。假慈悲罢了，你要是真有这副菩萨心肠怎么会告发我们？或者是你根本就看不上我们这些特长生。我们文化课虽然不够好，但是我们心肠热，各个都很仗义，不像你，表面一套，背地一套。

话说回来，你给那两个小子买红烧鱼，我们这些因为你挨罚的人你怎么补偿？

我得向你讨个说法！

你一上课，我就坐着喧嚷：“老师，我们十个人没钱花了，你是不是帮忙解决一下？会打报告就得为人分忧！”

你愣了好一会儿，显然对我的直接进攻手足无措。

接着你哑声宣布：“钱嘛，要分情况，如果是真有困难，老师想办法；如果是乱花钱，另当别论！”

真有你的！

真敢顶我啊，也不看看我在班中的地位，竟敢跟我较劲！算了，我是男子汉，不跟你一个小女子计较！

三

看到老班在门外晃了一下离开了，我放心了。明明知道第一节晚自习你要订正试卷，我懒得听，不如到外面放松放松。

“老师，我们队训练回来晚了，我晚上没吃饭呢，我想出去吃点板面！”我故意敞开扣子，露出白背心，白背心都被汗水湿透了，这表明我训练很辛苦，我相信你会因为我的一身臭汗而不忍心阻止我的。

你叹了口气，果然轻声说：“速去速回，板面吃多了没劲儿，想着放两个鸡蛋！”

我大摇大摆地走出教室，临出门还对我那几个哥们儿回眸一笑，美！

四

知道这节是你的课，我优哉游哉地到小卖部买点吃的，那帮馋嘴猫准得乐坏了。

天气不错，快高考了，也不用训练了，享受一回，在篮球场上小坐一会儿，玩儿一会儿游戏。

下课铃响了，得进教室了。

我一进门，馋嘴猫们兴奋了，蜂拥而至，不是冲我，而是扑向我手中的一袋零食。

课桌上摆着几个甜瓜，那圆圆绿绿的小东西安静地躺在那儿，很诱人。

“李伟，语文老师给你买的甜瓜！”

语文老师？我昨天只不过是开个玩笑罢了，我说我没胃口，很想吃甜瓜。

你居然当真了，你这人真是的，搞得我味蕾混乱，五味杂陈！

五

又是吃甜瓜的季节了！

偌大的阶梯教室只有零星的人听课。任凭我玩儿手机、睡觉，没有人打扰我。讲台上的教授只顾讲课，眼睛都不瞟我一下。

唉，有点想你瞪我时愤怒的眼神了。

人哪，就是怪，没想到没有人生气、没有人管我、没有人因为我的淘气而打我小报告的日子更不好过。

翻看手机，看到网上有这样一句话：“老师，我们的高考卷子还没有讲评，哪天咱们约个时间，还是那些人，还是那间教室，还是那个座位，把它讲完好不？这次，老师，您可以压堂！”

我的心里腾地一下，有火焰在燃烧。

不行，我不能听课了，溜出去，我必须做一件事，迫不及待！

我站在体育学院门外的甬路上，拨通了你的电话，还没等你说话，我就大声对你嚷：“老师，我是李伟！我，好想让你生生气！”

都是大学生了，我，居然像个孩子，在异地的校园里泪流不止！

2

第二辑

亲 情

就让母亲在父亲不在的日子继续着自己的骄傲吧，那些母亲所不知道的爱才是父亲此生通过别人传递给母亲的独特的爱的语言，它们丰富了爱的内涵，拓展了爱的外延，正是这份爱让我们几个儿女和母亲一起深深地为父亲骄傲。不再说了，耳边仿佛听到了父亲的叮嘱：“当心，可别让你妈知道！”

那些你不知道的爱

母亲一直为父亲对自己的言听计从而骄傲。她对我对丈夫的过分迁就很恼火，她挂在嘴边的话常常是：“我可不像你那么窝囊，你爸一辈子都听我的。”

她不知道的是，父亲当着我们的面教育我们：“你妈勤快、能吃苦，这是一般人比不上的。但是她也有不对的地方，你们该怎么做就怎么做。你妈有病，我得让着她，但是你们不要受她影响。”

父亲的口头禅是：“当心，可别让你妈知道！”

母亲八岁的时候就被姥爷许配给了父亲。那时爷爷有九十亩麦田，经常接济姥爷一家的口粮。后来爷爷家成分不好，所有家产全被没收。姥爷家却是如日中天，在天津开着很大的编筐铺。但姥爷还是坚持将如花似玉的母亲嫁给了父亲。母亲当时哭得昏天黑地。家境贫寒的父亲用自己一生的柔情抚慰着母亲，同时也用母亲想不到的方式赢得了村里老少包括姥爷一家人的看重，这是当时的妈妈没有想到的。

父亲在天津姥爷家的编筐铺里干活儿，得知村里成分高的我的一位本家二叔因为一辆自行车对象又要吹了，他连夜从唐山买来一辆自行车送到二叔家。他没敢回家，当晚就返回了天津。当时我的两个哥哥也到了找对象的年纪，自行车是罕有的聘礼，父亲怕母亲知道了生气。

给父亲办丧事时，二叔的两个儿子协助我的两个哥哥精心操办，不管白天黑夜，一直坚守在父亲的陵前。

当年流行大镜子，挂在榜柜正上方的墙壁上，镜子上或是画着飞鸟，或是写着毛主席诗词，镜子的三个边缘都有花鸟或文字，松竹梅兰居多。墙上挂一面镜子，是我们全家人的期待。

父亲用一年的积蓄到唐山买大镜子，要到我二姨所在的村子等火车，临上车时二姨委婉地说她也想要一个。父亲用仅有的六十元钱背回了两面镜子，其中一个直接挂到二姨家的墙壁上。当然，他没有让母亲知道。因为在母亲的心里，二姨家的日子比我家强，怎么可以帮她家？

我二舅那一年病得很重，入住山海关医院。二姨夫刚刚去世，二姨不好意思向儿子们开口要钱。二姨心中焦虑，也想去看我二舅。父亲偷偷拿出二百元钱送二姨去火车站，当然，他没有让母亲知道。因为母亲总说："你二姨的儿子都是大款，钱有的是。"

父亲去世后，二姨经常到坟前，跟父亲说话。她说，每逢赶集，知道父亲葬在路边，就不再寂寞，经常看到这个可以说说话的姐夫，挺好。二姨哭了，妈妈说，二舅去世的时候，都没见她这么难过。

父亲到我家来看我，听说姑姑也搬到县城住了。他嘱咐我："过去的事就让它过去吧，不要像你妈一样记仇。当年的事你姑也有错，你妈也有错，一个巴掌拍不响。"他让我买了烧鸡和西瓜去看望姑姑，当然，他没有让妈妈知道。因为妈妈说："只要是我生的孩子，就绝不能去看你姑姑。"

父亲去世后，表弟表妹都来了，表弟跪地的一声哀呼"大舅"是妈妈怎么也没有想到的。

每当家里只剩下我和母亲，母亲就不厌其烦地讲父亲生前对她的好。父亲对母亲的呵护像电影一样被刻进了我的脑子，我望着头发灰白的母亲，想说，父亲还有很多你所不知道的爱，正是这些特殊的爱使我们几个孩子继承了母亲的刚强和勤勉，也继承了父亲的仁厚和宽容。每每听母亲说“我可没有你那么窝囊，你爸一辈子都听我的”唠叨时，很想辩解一句：“有时爸爸也不是什么都听你的。”

未曾开口又抿紧了嘴唇：就让母亲在父亲不在的日子继续着自己的骄傲吧，那些母亲所不知道的爱才是父亲此生通过别人传递给母亲的独特的爱的语言，它们丰富了爱的内涵，拓展了爱的外延，正是这份爱让我们几个儿女和母亲一起深深地为父亲骄傲。

不再说了，耳边仿佛听到了父亲的叮嘱：“当心，可别让你妈知道！”

等待，在下午三点

父母自从我结婚后就到天津摆摊儿。

我们兄妹几个都不愿年迈的他们再去摆摊儿，但是即使我们磨破嘴皮，甚至跟他们生气，都没有办法改变他们的想法。

父亲说："常劳动对人有好处，天津那些年轻时跟我在一起上班的老哥们儿，他们月月拿退休金，整天除了遛鸟就是睡觉看电视遛弯儿，应该比我活得健壮才对，可他们，唉，在世的已经不多了。"

妈妈则说："离家远，心静，省着这家子那家子有事，让我们不省心。"

我们虽然牵挂他们，却对他们这种态度无可奈何，只能顺应他们自己的心意。

暑假我们三口坐长途汽车到天津去看二老。早上六点我们就坐上了车，没想到这辆长途车绕道，一直到下午一点才到天津"东北角"汽车站。

我们打车一路辗转好不容易找到了一个小胡同，一进胡同口，就看见妈妈坐在前面不远的窄墙外。我高声叫道："妈——"她却没有回答。我又高喊了两声，仍旧没有回答。走到跟前，她才吃惊地看着我们问："你们怎么来了？"我说："我平时没空，趁着放暑假来看看你们。”

她找出小板凳让我们坐在门口，我先生出去买了一堆冰棍回来，女儿喝冰红茶，很快这冰红茶只剩下茶的红色而没有一点冰凉的感觉了。

吃完冰棍我到屋子里去找毛巾。

没想到屋子里连窗户都没有，黑漆漆的，妈妈拉亮了电灯，简单的土炕上摆着简单的行李，被子像是很长时间也没洗了，已经看不出本来的颜色。地上堆了一麻袋一麻袋的核桃，土炕边只能侧身走过一人。土地上潮湿的虫子爬来爬去。岂止是地上有虫子，我向炕沿上的墙壁和房顶望去，白色的肉蛋子虫子爬满了一房顶，它们在房顶慢慢地蠕动着。尽管我有足够的心理准备，料到他们住得肯定很艰苦，可我还是忍不住让泪水爬满了眼眶。

这就是我年迈的双亲居住的地方。

他们每年回家都把自己赚的辛苦钱换成崭新的零钱分给孩子们，我们劝他们攒点钱，他们满不在乎地说挣钱就是为了孩子；他们每年回家都要背回很多的“货物”：有“正兴德”的茶叶，有他们卖二十元一斤的自己都不舍得吃的开心果，有挂了一层白糖霜的柿饼子……

可是他们竟住在这样的地方。

两周半的女儿一进屋扭头就出去了，嘴里叨咕着“我走了”。

我们知道她是嫌这屋子黑，看着她低头忙着向外走的样子都忍不住笑她，她重又坐到院门口的小板凳上，不再理我们。

妈妈说本来刚开始租房子的时候是有窗子的，后来又来了一对打工的夫妇，房主为了多赚钱，就在这间屋子的前面又盖了一间小房子，因而这间房子的窗户用砖头砌上就成了那对夫妇新房子的墙壁。

我在这低矮漆黑的房子里仔细地打量着父母简单的用具，一阵熟悉的气息扑鼻而来。

尽管这所房子的外面是高楼、是漂亮的水上公园，尽管这所房子的外面有明亮的阳光，我还是在这所黑暗、破旧、低矮的房子里感到了家的温暖：家跟房子没有关系，有爱的地方就有家。

我买了一堆吃的东西，摆上小方桌，坐在灶间儿一起吃饭，我用牙签给妈妈和女儿剜海螺，妈妈就安静地坐在小凳子上等着。一缕阳光从门口投照进来，在地上形成一条亮亮的影子。

多希望我就这样陪着妈妈度过这样一个个安静的下午啊，可是妈妈这里没有住的地方，天又太热，我们不得不连夜赶回家。

转眼到了秋天收获的季节，爸爸妈妈回来和我们一起过中秋节。我们边吃月饼边闲谈。

妈妈说："你们暑假去一趟还不如别去。"

我诧异："怎么这么说？"

她说："你们走了，可把我憋闷坏了。我想，要是我有一间像样的屋子我也不会让你们走。你们走后每天下午你们来的那个钟点儿差不多是三点钟，我就拿着小板凳坐在门口，回想一遍你来时的情景。那天你一进胡同我就看见了，只是没想到是你。听到你叫'妈'我心里还纳闷儿，这人怎么回事，怎么一进胡同就叫'妈'，你在这儿叫你妈她就能听见？我这么想着你还叫，一直走到我跟前我才知道是你。不管多打盹儿到这点儿就不打盹儿了，等着胡同那边有一个人走过来远远地叫我，我可再不能错过了答应，这可是我老闺女呀！"

我的心里传过一阵温暖的电流。

"等你，在下午三点。"风知道，鸟知道，一天天的日子也知道，不识字的母亲用她独有的期待的指针律动出了最富有诗意的母爱。

“忽悠”滋味长

最爱“忽悠”我的是长我八岁的三姐。

我第一个最渴望会写的汉字是“该”。那时候我爸常会因我对买块儿卤豆腐之类的“脚力活儿”表现积极而赏我几个钢镚儿。我一分一分地积攒，竟也能够逐步升级到“毛”，每逢攒够五毛的时候，三姐就会以各种理由“借”走，我也有过犹豫，但因之她的理由每次都“忽悠”得很充分，且恩威并施，所以每次我都不忍拒绝。

久借不还的后果就是我很想有个明确的证据，证明她确实跟我借钱了。我就磨着忙碌的爸爸，央求他教我“该”字怎么写。爸爸掀起炕席，用笤帚苗在土炕上潦草地写下了“该”！

于是我家的土坯墙上就写上了歪斜的汉字：“三姐该我五毛钱！”汉字后面是我画的道道儿，一条竖线就代表一个“五毛”！

这事就这样和平解决了：三姐从来不还钱，我也从来不要账，我在享受着“债权人”的快乐！

三姐对我的“忽悠”不止于此。

那时候哥哥姐姐们都在生产队忙碌，“压碾”这活儿就落到了三姐肩上。

那时家里两顿饭，我天天到厢房偷偷从麻袋缝里抠出喂猪的晾干了的白色硬硬的白薯片充饥，总是吃不饱。我的个子很小，舅妈她们见我就说我瘦得可怜，然后就笑，我像个小麻雀一样在地上跑来跑去在她们眼里一定是很好玩儿的事。

我这个“小麻雀”在家里基本上是被忽略不计的，谁也不吩咐我干活儿，但是三姐会“忽悠”我陪她干活儿。

她会给我唱儿歌，当我差不多把一首儿歌完整地背下来的时候，我就已经跟着她到了碾道。

她压碾的时候，让我帮忙推碾杆，可是我的手臂伸得老长也须仰视才见碾杆。三姐无奈，只好把我轰到一边，我刚要跑去玩儿的时候，她就下令：“不许走！看着也得看着！”

我不敢动，就在边上哭，一直哭到她压完碾为止。

可能我的哼唧声对她寂寞的压碾生涯是一种动听的“伴奏”，能够为她排遣独自推碾子的寂寞，所以每次压碾她都把我“忽悠”去，然后用姐姐的权威让我立定，很有趣味地听我在边上抽泣。

更甚的“忽悠”是她让我经历了平生最难忘的肚子疼。

早饭总吃破米粥，由于有嫂子，我只要夹咸菜里零星的鸡蛋，都会被三姐及时地敲掉，我又不爱吃咸菜条，所以吃不饱，很不高兴。

一天，三姐看我落寞，靠近我说：“拌积菜可好吃了，越吃越香，不信你尝尝！”

她从带着冰碴儿的积菜缸里捞出一棵积菜，也不知在里面鼓捣点儿啥，吃起来是挺好吃，我把一大盘子积菜全吃光了，肚子涨得溜圆，还没下炕肚子就开始疼起来，疼得我在炕上直打滚儿。

之后，她的“忽悠”就变得非常隐蔽。

比如我刚买的手绢刚刚给三姐显摆完就丢了；二姐刚给我缝好的毽子刚踢一下就丢了，我为此会把家里的角角落落都翻遍，小小的心里也会困惑：好好的一样东西怎么就没了呢？它们去哪儿了呢？这个世界好奇怪啊！当然要问三姐，她就瞎编一堆理由忽悠我，我竟从不曾怀疑过她。

过些日子就会真相大白：已然褪了色的手绢、踢破了边儿的毽子，多半会从她的书包里掉出来。

上学后的我仍旧傻呵呵地生活在三姐的“忽悠”里。

一次，我和三姐到离村子二里地外的轩坡子大队。她在院里割了一捆韭菜，对我说：“小兰，咱俩比赛，看谁吃的韭菜多，谁到大队把这些韭菜吃光，谁就先看《梁山伯与祝英台》这本小人儿书，谁输谁到二哥的纸盒里去偷！”

这个我太有把握了，因为三姐平时不要说吃生韭菜，就是韭菜馅儿她都不吃，只要是辣的，她一概不吃！这本小人儿书我是看定了！

我把三姐给我的韭菜一根根吃下，吃到最辣的时候，偶尔也回头看看三姐，看见她正在把韭菜一把一把地往嘴里塞，我就放心了：原来她也吃呢！我得加油了，否则会被她超过的！

到了大队，三姐的手里已经没有了韭菜，而我还剩下一小把。

三姐如愿以偿看到了小人儿书，她看完后给我看的时候说：“小兰，你真傻，我的韭菜吐了一路你都没发现，就知道一个人傻吃。回来我怕你发现，带着你岔野地走，你也不怀疑！”

各自成家后，三姐成了我的“铁杆”拥护者，不管别人对我有怎样的评价，即使是我丈夫也不行，只要稍微出言不慎，三姐就会大声反击：“我妹妹可好了，谁也不能气我妹妹！”

回首那些被三姐“忽悠”的往事，仿佛听到由远及近的相伴相随的笛声把亲情这首曲子吹奏得韵味十足，像是在花好月圆的春夜回放昔日大雪覆盖的冰河：表面的寒凉不能掩盖潜在的涌向春天的暖流，就像误会，就像争吵，犹如一支支跌宕清幽的插曲，使单调的日子兴味悠长。

那一刻，很美

下班回家，夜色深沉，已快七点，想来那“福华”牛肉已快打烊了吧，索性在楼下菜店买一袋羊肉吧，店主介绍说是最受顾客欢迎的羊肉，价钱也不比“福华”的低。

到家开门，母亲颤悠悠走过来，翻看包装袋儿，她已经习惯了我回家的时候把我拎回家的所有的东西都打开看一下，让那些东西“一”字排开，像待检阅的士兵。

然后照例问：“吃啥？”

“肉丝面，今儿天冷，吃面热乎热乎，给你放个鸡蛋。”

妈不言语了，搬个板凳坐到厨房看我做饭。

水开后我放入一部分羊肉，锅面上弥漫一层厚厚的羊油，心知不妙：这羊肉不会是被羊油浸过的冒牌货吧？夹起小块尝了尝，硬硬的，很膻，跟“福华”入嘴绵软的羊肉不一样。于是不再往里面添加了。

妈在旁边看着：“不再搁点儿了？”

我边放油菜边答：“这羊肉硬，跟以前吃的不一样，少放点儿！”

妈不再说话，起身离开到书房的窗台上趴着望马路上的过往行人了。

盛面的时候，我把面条和油菜搭配好，捡了几片羊肉埋在最里面，把软软的鸡蛋放在最上面。

妈从书房赶来，接过碗就到窗台上吃，看着妈着急抢饭的背影，我心里一热，我真愿意妈总能这样健康地为吃饭着急，总能这样为吃啥而兴奋不已。

第二天早上，我早早把细玉米面粥做好。

妈来到厨房跟我说："那羊肉真不好吃，一宿没睡好，肚子疼。"

"要不，我不敢让你多吃。昨儿晚上回来晚了，来不及到远处买，又怕你饿，所以在菜店买的，你今儿早上别吃硬饭了，喝碗粥就舒坦了。"

"我说呢，你买那么一大袋，就搁那么点儿，我还嫌你小气，吃饭的时候，我先把羊肉挑出来吃了，还嫌你给得少，在别人家涮羊肉我不敢吃，在你家我吃羊肉没事儿，你还不多给！"

"呵呵，不一样啊，我都是先尝了才确定给你吃多少，幸亏我少给你了吧？"

"还是我闺女惦记着我，指望谁也不中。"妈笑。

我也笑，这一刻真享受。

女儿生日的时候，家里来的人多，我给妈买的"零食"会被孩子们自动分掉。我下班到家妈就会追着我汇报："她老姑家那小丫头吃了好几块绿豆饼，还有外甥家的小小子吃了好几个你给我买的梨……"

在妈妈的汇报中，我知道了那些"货源"断货了，想着尽快补充。

"妈，没事儿，我给你买。"

妈就放心了，不再围着我转，去安静地趴窗望人了。

看着妈妈颤悠悠的背影，我每每停下手中的活儿，愣愣地看着：能够给妈提供定心的“零食”，真美！

早上有早自习的时候，我会给妈和闺女买“董记”煎饼和豆浆。

闺女会跟我告状：“妈，我姥把她的豆浆喝完了，又把你的喝了！”

很开心，妈能像个孩子一样想喝了就喝，不计后果，不看脸色。

这一刻，很舒服！

为了防止妈吃肥肉不舒服，我给她限定吃肉的次数和数量，妈平时倒也不说啥，但是姐姐们来了就会精神抖擞地告状：“小兰想馋死我！”

看着妈嗓门洪亮地大嚷，姐姐们很高兴我把妈答对得这么好，会针锋相对地逗妈：“那你还一年在她家住九个月，你干脆别在她这儿住了！”

妈会清醒地笑：“那可不中，我哪儿也不去！我四十多岁生我老闺女，我得记了，谁也不如我！别看你大婶挣钱，一个月四千多块，那也没我美！我在我老闺女这儿没人管，想说啥说啥，想吃啥要啥！”

这一刻，真的很美！

生命轮回，岁月如水。

最看不得在“孝顺”这一问题上打折扣的人，所有的遗憾和愧疚或许都是自我宽慰的借口。

生命传承，一去不返，面对给了我们生存密码的人，在一起共度的每一刻时光都不可复制，弥足珍贵。

我愿用我一刻刻的守护来和我的亲人共享此生。

女儿、爷爷和三只小鸡

放学时女儿神秘地对我说:“妈妈，有一件事，我知道即使我说了你也不会同意。”我见她态度这么好就好奇地问:“你说说看，什么事?”她说:“我要是说了你不许说我。我们班有很多同学都买小鸡了，有黄色的、绿色的、红色的。”我刚要回答，她抢着说:“我知道你准说看我表现。”我笑了，点点头。她说:“如果这星期我表现特别好，你能给我买吗?”我答应了她。

于是每次经过校门口的小鸡旁，她都要驻足观看一会儿。她在家里会主动叠被子、收拾屋子、洗碗并很内行地放回原处。我们两个偶尔吩咐她取花生米、接水，她都毫不迟疑地跑去干，再也不像以前一样边干边质问我们:“我是不是你们请的保姆啊?”

一星期后，到了答应给女儿买小鸡的日子，可是卖小鸡的没有来。她失望地走过校门口的小摊。我不但没觉得不安反而很得意地向她宣布:“妈妈想给你买，可是没有卖的，这可不怨我。”

我以为这事就过去了，谁知有一天我正做午饭，听到她给她爷打电话，和她爷约定:“记住了一定要给我买小鸡。”

回老家后，公公告诉我，修桥呢，上卢龙来去要收二十元的路费，去了好几次都没见着小鸡。

我说："爸，小孩儿的事，你别当真，没有就别买了。"

他说："那怎么行，我小孙女的事我一直想着，这可是大事。我到彭店子集上去看看，有人说集上有卖的。"他去晚了，罢集了。

我们临走时，他向她孙女许诺："下集爷爷就给你买，买来后就给你送过去。"

四天以后，我跟丈夫说："今天是彭店子集，爸爸不会真的给闺女送小鸡来吧？"他说："家里正翻地，他忙着泼粪呢，没准儿早忘了。你别提醒，说不定闺女也忘了。"中午放学，女儿进家的第一件事就是跑去打电话："爷爷，你买小鸡了吗？……"打完后，她跑来告诉我，爷爷说那个卖鸡的腿有病了，没来，等下集再说。

天啊，她还没忘呢！

一天早晨，我们还没起床，公公就打来电话："早上去你家吃饭。"

这么早赶来干什么？

他进来后，直接走到他孙女的房间，爷俩仍旧唠小鸡的事："我让你大姑奶看了一上午，卖小鸡的还是没有来，不过爷爷打听到了，卖鸡的是坨上的，种完豆角爷爷到他们村去给你买。"

女儿高兴地等待。

再次回到老家时，我们真的在家里的土炕上看到了三只小鸡，只不过不是我们想要的那种带颜色的小雏鸡，而是三只淡黄色的长出了两只硬硬的翅膀的小鸡。公公憨笑着说："没有小的了，鸡都长大了。"小鸡被精心地放在炕头，被圈在纸箱里的已长出翅膀的小鸡并不老实，它们时而飞出箱外，咯咯叫着留下一路鸡屎，女儿在鸡后面追，公公笑着赶擦一炕鸡屎，我们夫妻俩没有人像平时走过鸡粪场一样捂上鼻子，我们相互对视，心照不宣：得常回家看看，因为儿孙的一句话在老人的心里就是不打折扣的"圣旨"，再破旧脏乱的老屋都值得我们探视和留恋，因为每一个老人都会用独特的方式将小屋洒上爱的香水。

妈妈是我的孩子

妈妈八十二岁，我四十岁。

妈妈四十多岁生下我，不是想生，是没有办法，当时医疗条件有限，她到医院做两次流产都没有做成。妈妈有哮喘病根儿，且腰疼得厉害。

我懂事后，冬天的晚上经常陪着妈妈一夜无眠，因为妈妈抱着枕头，弓着身子跪在炕头，嗓子像拉胡琴，在我耳边翻腾着持续的颤音。

经常怕成为没妈的孩子，让泪水浸透枕巾。

没想到妈妈能活到我成家立业，甚至从没奢望妈妈能看到我生孩子，我想，这是老天对我的眷顾。

爸爸去世后，我把妈妈接到我身边。

我不喜欢楼房的闭塞和寂静，但是我感谢它的恒温，它让妈妈的哮喘病有了转机，长期跪床的妈妈居然能平躺着睡觉，甚至不再把头弯到膝盖，能略微直着身子走路了。

早餐，我催促女儿快吃，在一旁的妈妈总是抢着先吃完，然后很夸张地把筷子往桌上一扔，说："看，我吃完了！"每每这时，女儿都要高声抗议："妈妈，你看，姥姥在跟我炫耀！"我忙打圆场："姥姥是大人，当然吃得快。"女儿则不依不饶："我知道，你净向着你妈，气着我。"妈妈的嘴也不闲着："我不说了，我不说了，我就知道我说啥都不中。"

妈妈不敢动电器，煤气不敢开关倒也罢了，甚至不敢开冰箱。微波炉热饭很方便，我教她无数遍后，发现她按按钮时眼睛发直，后退好几步，手指刚挨上按钮旋即离开，一点劲儿也用不上。于是，我死了这条心，不再做无用功，习惯了对妈妈全方位的照顾。

每次问妈吃什么饭，她都说吃啥都行，可我发现妈最爱吃我烙的肉饼。

我摸索出了给妈烙肉饼的秘诀：面要软，皮要薄，馅儿要少，边要掐得小。每当烙肉饼时，妈都高兴得像个孩子，守在锅边，有说有笑，一如小时候的我守在炖肉的锅边，心里甜蜜蜜的。

妈妈不识字，不会打电话，闺女为了教会她很费了一番脑筋，还在窗台上画出了数字的实物形状，甚至给她留作业，每天让她练习一个数字，可妈妈终究连"1"都不认识，女儿无奈地慨叹："姥姥，你可真笨！"

在女儿的努力下，妈妈虽然数学和英语一点长进也没有，但是在音乐上有感觉了，成了降央卓玛的超级粉丝。

她最爱听降央卓玛的《走天涯》，只要这首歌的前奏响起，无论妈妈在屋子里的哪个方位，她都会及时赶到，抢在我之前，坐到转椅上，双手抱着后脑勺，嘴里紧叨咕："听歌了，听歌了！"我索性循环播放，她听不够，最后带着商量的口吻眼巴巴地盯着我问："要不，关了吧？太费电了。"

这让我感觉时光有些倒流，妈妈像个害羞的孩子。

妈妈长期吃药，而且特别爱感冒，一感冒了，鼻涕不断，鼻子都擦肿了，吃药也不管用，得输液。所以输液于妈妈是享受，是让她舒服的好事。输液时，她唯恐我看书看过头，又不好意思提醒我，于是连连抬头张望，我就及时向她报告液面的高度，她则

不好意思地笑笑：“我这眼睛就是不行了，还有这么多呢，我还以为输完了呢。”妈妈像一个寻求依靠的孩子，她的每一个表情，于我都是一道对号入座的选择题。

我越来越怕聚会，尤其是怕在外面用餐。今年的教研活动在我的小城召开，我很庆幸，我可以回家给妈妈做饭。我放弃了现成的大餐，潜入家门，给妈妈蒸了热乎乎的鸡蛋羹、绿绿的炒瓜片，端上妈妈最爱吃的西红柿拌白糖。妈妈颤抖着手拿着筷子吃得热火朝天，鬓边几丝灰白的头发随着吃饭的节奏起落，我摘下她嘴角的饭粒，柔柔地提醒：“妈，慢点吃！”宛若提醒一个急躁的孩子。

妈妈身体越来越软，她是个倔强的人，不到迫不得已，不让我洗她的内衣。我发现洗衣机里有妈妈悄悄换下的衣服，我偷偷把它们拎出来，不管多晚多累，在第一时间洗完，晾好，然后叠整齐，悄悄放到妈妈的枕边。

最近，总感觉妈妈的屋子有异味，我把屋子里所有的东西都收拾了一遍，床垫床单被罩枕套全部洗换，仍旧有味儿。我问妈是不是可以让我帮忙常洗澡。妈说，她怕感冒。

妈妈怕冷，一年四季几乎不开窗。为了去味儿，我注意在早晨给妈妈住的屋子通风，只开墙角的那扇窗，只开窄窄的一道缝儿。有一次我忘了关窗，半夜起来到妈妈屋去检查，发现妈妈开了三扇窗，每扇窗都开了很大的面积。我一阵内疚，一阵心酸，把窗轻轻地关好，然后心疼地给熟睡的妈妈掖好被子。

我想好了，第二天早上我要告诉妈妈：“有味儿也没有关系，按照你习惯的方式生活。”

因为，妈妈老了，她是我的孩子，只要她健康，只要她舒服，就是我的福气。

照顾

一、妈，喝奶茶

妈都是三四天才大便一次，算起来今天应该无事，我伺候完她的吃喝放心干家务，一会儿传来闺女思凝的声音：“妈，我姥叫你呢！”

我跑去看妈，拉了一大堆，我高兴地说：“这下可好了，省着拉不出来遭罪了，大便很多很正常，你看看不？”

妈很干净地歪头：“我嫌臭，我可不看。”

我笑，给妈收拾干净，接着放心干活儿。

一会儿闺女又叫我：“妈，快来，我姥摔了！”

我赶紧跑过去，妈在床头跪着呢！

我把她抱起来靠在床沿，她说：“我想找纸看看是不是又拉了，没承想就跌地上了。”

我仔细查看，又拉了一些，赶紧给妈擦洗。

收拾完毕，我坐地板上一阵没劲儿，感觉端不动水盆了。这时眼前半杯奶茶在冒热气，女儿思凝说：“我姥一有事儿我就心疼妈，妈妈一定累了，我把剩下的奶茶用微波炉热了，妈，你喝！”

二、妈，你在沙发上坐着等着吃

妈下午吃得很多：半块烤白薯、几颗煮花生、半块肉烧饼、一碗南瓜粥，还吃了一碗小豆腐，又让我冲了一袋黑芝麻糊！

我边给她换纸尿裤边逗她，说她胖了。

给她输液的大夫也说刚来给她扎针的时候血管干瘪，现在饱满多了。

伺候完妈很累，躺在床上不想动。

知道该起来做晚饭了，还是不想动。

“妈妈，咱们晚上吃啥饭？”思凝探头问。

“小米粥或者鸡蛋面。”

“鸡蛋面，我想吃了。”

“好吧，一会儿再做，我腰疼，得歇歇。”

“那我来做吧！”

她跑进厨房做准备。

“妈，煤气往哪边拧是开着？”

“往左，使劲拧。”

“鸡蛋啥时候放？”

“水没开的时候，小火。算了，还是等我做吧！”

“妈，你别进厨房，你在沙发上坐着等着吃。”

三、妈，你泡着脚看电视剧

我买了一个足浴盆，妈和我都怕凉，泡泡脚身上暖和。

妈害怕，既怕盆里的水泡儿烫着她的脚，又怕她的脚脱皮严重脏了浴盆，还怕她的被裹了一半的脚在日光灯下不好看，妈说：

“本来我的脚也能裹成好看的小脚，只是我奶奶心疼我，白天裹上，晚上给我放开，只裹过来两个脚指头，个头还是很大。”

我挽起她的裤脚，把她的脚放在水里，摸着她的脚她就不恐惧了，反而觉得挺舒服，一个劲儿夸我买的盆好，咋洗水也不会凉，真是个好东西。

思凝在一边玩儿，有一搭没一搭地听。

给妈泡完脚我跟思凝一起玩儿了十五分钟板羽球，和她一起在书房看了三十分钟书，然后陪着她到床上躺着，给她念了三页《麦田里的守望者》，像平时一样合上书，代表着我的一天结束了：我要回屋睡觉了。

思凝居然没像往日一样睡着，而是快速从被窝钻出来，趿拉着鞋跑到客厅，拿起遥控器，熟练地找到中央 8 台，定住，命令我坐到沙发上看电视。她把足浴盆装满水弯腰拉到我脚边，插上电：“妈，你泡着脚看电视剧！”

爸爸，让我来做你

“一点儿也不随我，跟你爸一样，不会过！”我把买好的衣服放在妈的枕边，妈会这样说；我把好吃的放在妈的床头柜上，妈也会这样说。

我悄悄地溜出去，因为我知道妈会趁我不注意的时候换上新衣服，会在夜晚咳嗽的时候吃一口我买的蛋糕。

爸爸，不要以为我天生就这样体贴，虽然我是妈妈的亲生女儿，但是我能做到在妈妈最需要的时候，穿的、吃的不断流，是因为爸爸能够做到这一点：妈的枕边常年会有点心、苹果。而每次爸爸赶集回来从提篮里往外掏东西的时候，妈都会说同样的话：“就会瞎花钱，不会过！”

所以，爸爸，我对妈的体贴是随了你呢！

“啊，啊，啊……”半夜传来妈的惊叫，我以为妈犯病了，顾不得穿鞋，三步并作两步飞跑到妈的床前，见妈张着嘴：原来是做噩梦了！我把妈从噩梦中叫醒，伺候她喝一点儿水，才小心地离开。

爸爸，不要以为我天生就觉轻，虽然我也惦记妈，但是我能做到妈有一点儿动静就一个箭步蹿到妈身边，是因为爸爸能够做到这一点，出门在外，不管多晚，即使半夜也要尽快赶回家，紧守着妈妈睡。

所以，爸爸，我夜不安眠，是随了你了呢！

爸爸，知道吗？天津侯台这个地名，是我不能够触及的心痛。

那个炎热的夏天，我一路赶来，看到妈妈安然无恙，买下了几个大西瓜用冰水给你镇上，给妈留下二百元钱就连夜赶回了家。我以为做得很圆满了，因为我想，爸爸身体好，随时可以坐火车回家相见，而妈妈行动不便，见到妈妈就行了，见不见爸爸都无所谓的。后来妈说："你爸摆摊儿回来就生气，把西瓜分给了刘台子那俩小子吃，也不像每次一样拿着你给的钱美了，而是说：'这孩子多傻！旅馆有得是，怎么能来了就走？这水上公园多好，我还没带她逛过呢！'"

没想到，你突然先妈而去，你生命的最后一天被妈无数次重现："他早上起来给我买完煎饼，说阴天不出摊儿了，也给自己放个'礼拜天'！他劈了半天劈柴，砸了一堆核桃仁儿，晚上还喝了半瓶啤酒，早早就躺下，没想到天还没亮就没气儿了！"

爸的灵魂留在了奔波半生的天津侯台，不知道在儿女过桥撒纸钱时的一声声"爸，回家吧"的呼唤声中能否回乡。

侯台这个地方我再不能去，因为那里没有了我的爸爸；去了也不必流连，因为再没有人为我不住而生气。

想你的时候，我就看看咱们爷俩唯一的合影：那是1999年国庆节结婚回门那天，在二嫂家的院子里，我穿着崭新的格子长裙，站在柿子树下，挎着爸爸的胳膊，甜甜地笑着，爸爸在娴熟地卷着旱烟，阳光透过柿子树叶投下斑驳的影子，落在咱们父女俩的肩上。

这是一张幸福的照片！

爸爸，每当想到我们父女俩肩并肩的照片，我就想，我要做爸爸最想做的事，我要让爸爸在九泉之下安眠！

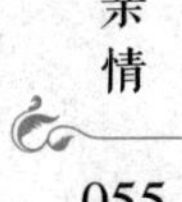

姐姐打来电话:“小兰，妈疯了！天冷了，她不穿棉袄也不穿棉鞋，就在外头冻着咳嗽！她这是怎么了？”

我说:“妈是着急来我家了，你没告诉妈我家改装暖气，暖气一修好我立马去接她吗？”

她说:“我说了，她不信！她就是疯了！在我们家我给她烧的屋子挺暖和的，她就这么作践自个儿，这是亲妈，要不，别人还不以为我虐待老人哪！”

我说:“我马上就去看妈，你这么告诉妈，你说:‘小兰说她离不开你，她上晚班得需要你陪着你外甥女，暖气一修好她就来接你。你好好养身板儿，别冻感冒了！’”

一会儿姐姐打来电话:“妈欢气(方言，高兴)了，她穿上棉袄、棉鞋，也进屋了！”

爸爸，知道吗？不要以为我天生就能揣摩妈的心思，虽然我是妈的老闺女，但是我能在妈发脾气的时候一下子就能猜出她在想什么，这是因为爸爸能够做到这一点：不在乎妈妈嘴上说什么，而是能听懂她无声的语言，比如这次发脾气，她一定是想让自己因为有用而被儿女们照顾！

所以，爸爸，我能摸透妈心底的话语，是随了你呢！

爸爸，妈说吃我做的饭最顺口，没想到她四十多岁生了我这个“老多余儿”还得济了！爸爸，我照顾妈很上心，不是因为我天生就比别的孩子懂事，是因为我很想你，我知道如果你活着，你会比我更理解妈妈、更会照顾妈妈。

最疼爱我、最理解我的爸爸已经不在了，爸爸，我用什么来想你呢？

那就让我来做你吧，像你一样照顾好我的妈妈！

3

第三辑

友 情

你是朋友，是姐姐，是亲人，自从我们相识的那一刻，你始终用你不变的目光呵护着我，穿透岁月。

穿透岁月的目光

“小兰，来信收到，看了感触颇深，仿佛怒目而视的你就站在面前。不过，如果那样，我会怎么样呢？以前还以为你没有什么脾气呢，一直深感遗憾……”

1993 年 9 月，我来到师范学校的第一件事就是给你寄去一个空信封！

我以极其愤怒的姿态宣布：无话可说！

我骑车去看你，你不但不过问我的情况，反而大谈特谈你的大学生活，漫长的山路，你笑着说，我沉默着听。

骑车回家的路上，我憋着眼泪，不让它们流下来：不就上大学吗？有什么了不起！我一定要考上，然后再也不理你！

你来看我的时候，已经是腊月了，我的学校还没有放假。你怕我不理你，不管我怎样沉默，你总是一个劲儿地笑着跟我说话：“我那么做，是为你好，是想故意气着你，我要是那时候对你好，让你想我，才是对不起你！我怕你考不上！”

我的怒气在你的絮语中烟消云散，又像个快乐的尾巴紧随在你的身后。

二十年后的今天，再次翻开泛黄的纸页：“小兰，不期望做许多练习题，只求有解决问题的方法，就像我们面前摆着许多锁，如果我们有开锁的钥匙，它们并不可能对我们形成威胁，我们随时都可以打开它们……”

“天是蓝的，海是蓝的，海和天在遥远遥远的地平线交融在一起。你是海和天的结合体，目光更深远！”

“每当我抬起头，就能看到蓝蓝的天宇！”

这是你二十年前写给我的纸片，我把它深深珍藏，当我在《思维与智慧》上发表我的处女作《找乐》的时候，用的是你送我的称呼“蓝宇”！

你要结婚了，在唐山，你不但买了你的新衣服，还有我的一份。我穿着你给我买的蓝色长裤和上衣在河北师大的校园里站成了一棵挺拔的树：我有一个好朋友，我有一个好姐姐！

我到唐山开会去看你，临走说好，你去接孩子，我自己回开滦一中。我到学校门口的时候，一回头，你骑车跟在我的身后。我问你为什么又来送我，你说：“我不放心，与其惦记你还不如亲自送送你！”

我笑：“我都三十多岁的人了，还能丢了？”

我先生生病住在唐山工人医院，你在第一时间赶来，为我跑前跑后。他不舒服特别依赖我，你怕他把我拖垮，临出门总不忘警告他：“你挺着点儿！老婆孩子一大家子人都指望着你呢！”

回到家，你天不亮就起床包饺子、做小米粥，大雪天打车送饭，看我担心得不行，你嘱咐我：“小兰，别害怕，没事儿的，只要你需要我，不管什么时候，都可以给我打电话！”

由于查不出病因，每天要做好几个检查，你让我在病房等，你去排队，一排就是两个多小时，轮到我们时你再给我打电话。

等我们检查出来时，你在焦急地翻包，你轻叹：“这个手机是他新给我买的，因为特别贵，所以在家放了半年也没舍得用，没想到今天第一次带出来就被偷了！”

我说："准是你给我打电话通知我时被小偷盯上了！"

一看到我为这事儿焦心，你马上转换话题："没事儿的，小兰，再贵也就是个手机，换个卡就行了，我的旧手机还能用。别想这事儿了！"

我闭上嘴巴，因为我知道有的话不必再说，不要说是个手机，就是个飞机，在你的心里也没有我重。

我像吃了定心丸，在你的陪护下挺过了二十多天的煎熬，出院的时候你不放心，硬是塞给我一个信封："这是五千元钱，你留着用，但愿用不着！"

我带上信封，带上你的祝愿，带着先生回家养病。

先生病愈，我去看你。

你请我吃大餐，数着我的白发："珍惜自己也是珍惜一个生灵，小兰，别忘了对自己好！"

我很庆幸，我能遇见你，多少人在高中的时候是好朋友，渐渐失去了联系；多少人即使有联系也仅限于酒桌上的欢笑。

你与我，不是。

你是朋友，是姐姐，是亲人，自从我们相识的那一刻，你始终用你不变的目光呵护着我，穿透岁月。

似水流年

你有一颗漂亮的小虎牙，所以看见有虎牙的爱笑的女孩子我都喜欢。

怎么就不记得你生气的模样呢？

总是那样笑着。

“夫人”这个名号，是不是始于你呢？虽然咱们202宿舍的姐妹都叫我“夫人”，但是你的叫声别有韵味。

早上听到你叫一声“夫人，起床了”，我懒懒地应一声，起床叠那永远也叠不好的豆腐块。

咱俩的床铺，隔着一条过道，睡前咱俩在枕上浅笑，两年的时光，我们在彼此的笑意中度过，没有过不笑的记忆。

也有吃醋的，那可爱的女孩儿小辉会大嚷：“新宇，你太过分了，为什么对‘夫人’那么好，而对我漠视！”

你赶紧求饶：“都好，都好！”

可是你仍旧把你的衣服只拿给我穿。

第一次做家教的时候，你把你新买的大红色夹克衫拿给我，让我穿上：“‘夫人’，到别人家去得穿精神点儿！”自此，这衣服你再不让我下身儿，成了我的主打衣服，不管是咱们班有活动，还是去家教，总之，只要是稍微体面点儿的场面都离不开它捧场。有一次咱们的古汉语老师说："邢淑兰，你是不是唐山市里的？穿得这么精神！"我就越发得意。咱们的很有派头的张老师，咱们私下叫他"张大吹"，他看我在讲台前"唱票"说："咱们班的女生，都剪成邢淑兰这样的'毛毛盖儿'发型多好看！"

小静过后跟我说："'夫人'，你唱票的时候穿着大红夹克可真精神，显得小脸儿忒好看！"

这衣服成了我的形象代言，有时候故意不拉拉链，显着很潇洒的模样。以至于我换上自己的蓝色牛仔袄坐在教室后面办板报的时候，咱们班长在教室绕了一圈后到门口吆喝："邢淑兰哪儿去了？咋不来办板报？"

我在教室里应答，他挠挠头："咋换衣服了？！"

你大老远把你的蓝色牛仔背带裙从乐亭的家背到咱们宿舍，说："'夫人'试试，这衣服我穿着小了，你穿准好看！是我爸从县城买的。"我放下桌子上你背来的好吃的，在你的注视下迅速穿上牛仔裙："哇！真漂亮！"你惊呼。

我在宿舍转了一大圈，好美啊！

这条裙子一直陪我结束了我的学生时代。它陪我和爸爸坐了十二个小时的火车，在石家庄的公交车上看着陌生的人流；它陪我在河北师大中文系教室里热得冒火的凳子上连续坐好几个小时，坐到汗湿裙摆。

我这个总穿着蓝色牛仔裙的丫头成了炎热的教室里端坐苦修的符号。有人窃窃私语："挨着她，穿牛仔裙的姑娘，她很安静。"

它陪我在秋日新竣工的唐山火车站寂寞地看南来北往的火车，它陪我和同学在草地上留影，它陪我在湖边站成一道亮丽的风景。

这裙子前面有个小小的口袋，不知道你是不是曾经用它装过东西，想你的时候，我就掏掏口袋，看能不能掏出我们共同的回忆。

闲时喜欢看你送我的照片，你坐在湖边的草地上，洁白的裙摆铺了一地，你笑着，露出可爱的虎牙，一只手臂轻轻举起，手里握着的是什么？是草籽吗？你是想把它们轻轻地抛向我吗？

不管过去多少时光，我都愿意回应你，接住你送给我的东西，接住你送给我的快乐。

"'夫人'，起床了！""'夫人'，穿漂亮些！"

你的声音穿过二十年的光阴依旧柔软，依旧让我有一种乐意服从的快感。

看到空间里你的一张站在大石头旁的照片我很激动，很想仔细地看个清楚，但是照片很小，凭我怎么努力也看不清你的容颜。抬头，看到你的空间名字"似水流年"。

不再挣扎。

为什么非要看清楚呢？

有些美丽已经长久地留在了叫作"往事"的河里，它们已经为我泛起过快乐的涟漪，现在，即使是路过，或许也是打扰。

我关闭了你的空间。

二十年了。

我没给你写过信，没给你打过电话，甚至没有邀请过你来我的家坐坐。不说话、不邀请、不见面有什么关系？你留在我心里，永远年轻，永远温柔，永远微笑，不管我在日子里经历了什么，我都是以"夫人"的笑颜想你。

见你，是笑；不见你，依然是笑。

有些美好是用来默想的不是用来掀开的，就如同有些钱是用来数的不是用来花的。数而不花，因为来之不易，因为享受过程比消费结果更惬意。

新宇，二十年后的今天，我很想你，差点儿跟你联系，但是我忍住了，因为我知道你是我的似水流年。

有一种好不用感谢

翻看相册的时候，女儿指着你的照片对我说："妈妈，我对这个阿姨很熟悉！"

女儿的小手指着你。

二十年来，我们很少在一起聚会，我只有在需要你的时候才联系你。

我看着我们的合影问她："妈妈并没有带你跟她一起玩儿过，你怎么对她很熟悉呢？"

女儿说："我放学在学校找不到你的时候，每次碰到这个阿姨，她都给你打电话。有时候你不在办公室，如果这个阿姨在，她会看着我写作业，有时候还给我念英语。"

在迁安我所有的朋友中，你是个例外，你的电话，我只有在求助的时候拨通，平时从不联系。

甚至过分到你节日里给我发祝福的短信，我看完也不给你回。

但是你，照发不误。

不记得从什么时候你开始对我好。

好像从认识你起你就在我需要的时候出现，比如我感冒了，你会给我洗衣服。

你比我小两岁，但是在我心里却像我的姐姐，我一直心安理得地享受着你的照顾。

在师专时，学校组织献血，我去宿舍看你，你把系里给你买的红枣、红糖等好吃的装成一大袋拿给我：“我身体好，倒是你应该补一补！”

我们的宿舍相隔只有百米之遥，两年时光百米的穿梭里大多都是你为我洗衣服，给我送好吃的。

我的记忆里只有你对我的好。

我俩有过一次单独的“旅游”，是个星期天，你约我到唐山地震纪念碑广场散步，我俩没坐车，步行到了那儿。开春，天气还凉，人不多。我俩溜达够了，已近正午，看到路边有推车子卖糖葫芦的，我看着一只糖梨跟你说：“山楂的吃过，可这梨的没吃过。”

你走过去，给我买了一个糖梨，只买了一个！

你并不避讳我：“口袋里只剩一毛钱了，没多带钱。”

而我呢，跟你在一起，不要说钱，我带着我不丢就不错了，向来是吃凉不管酸，一点儿不操心，你已经习惯了我的做派。

后来，我到师大进修，你分配到沙河驿高中，周末你代我去看我的父母，用你微薄的工资给我爸妈改善生活。提起你，我爸妈总是一脸的笑意，他们跟我一样呼你为“老刘”，并说：“老刘，人真好！”

每次寒暑假后返回石家庄，你都默默地给我备好路上吃的，看着那一大堆好吃的，我会下令：“你知道火车上人有多多吗？你给我带我也不敢吃，因为厕所门不过保定基本打不开。艰苦的坐车经历告诉我，我只需要早上吃两个鸡蛋就行了，既不渴又不饿！”

你不管这些，把我丢在炕头的火腿、饮料、面包重新塞进背包。

我都怀疑自从认识你，是我妈在管我，还是你在管我。

毕业后，我们各自成家，各自奔忙。

后来，你跟我调到了一起，我们在一个单位工作，我俩都为此高兴，你慨叹："以前总听你说累，没想到会这么累，有点儿时间我就想睡觉，哪儿都不想去，我算体会到你的忙和累了！"

虽在一个单位却很少碰面，相互畅谈的时间几乎没有。

但是，这并不表示我忘了你。

女儿小的时候，中午睡觉时间长，而我下午又有课时，我会第一个想到你："快来我家，替我看一节课孩子！"

你二话不说，会及时赶过来。

孩子大了，我妈在我家住，给我妈输液的时候，赶上学校有事，我也会第一个想到你，只要你没课，我就把你调过来替我看护我妈。

今年我们竟然分到了同一个年级、同一个部、同一个办公室，我知道我的好日子开始了。

果然，我的办公桌上时不时有了核桃、栗子、苹果。

一次进办公室发现你们英语组的小龚，正在吃一种蜜饯，她边吃边问我："邢姐尝尝不？刘素珍的爱人到南方出差带回来的！"

我忙摇手："不要不要！"

我知道既然小龚能吃到，一定有我的份儿，果然，我的抽屉被你塞得满满的！

今年初春，天气持续寒凉，我下课刚回办公室，你递给我一个滚烫的水杯，你说："上午你就说肚子疼，我中午上班前煮好了姜糖水，你快喝吧，喝了就好了！"

时间久了，爱人也发现了你对我的好，他很纳闷儿："也没看你对老刘有多好，她对你咋那好？你这人咋从来不知道感谢人家？"

我竟回答不上来。

想了想，我竟从来没想过要感谢她。

于是，歪头，对他一笑："有一种好，不用感谢！"

冬天，那些雪

春发，夏长，秋收，冬藏。每一个季节有每一个季节的美好，每一个季节有每一个季节的记忆，忘不了，冬天那些雪。

一

半夜，我睡眼惺忪的时候，爸爸从天津回来了。他给姐姐买来了一件高领毛衫，淡蓝色的高领，蓝白相间的格子，格子上面还点缀着小鹿的图案。我趁着姐姐睡了，把毛衫藏在了炕角的麻袋里面。

早晨上学的时候，我悄悄换下棉衣，穿上毛衫上学。

下雪了！

我在呼啸的北风中趔趄着推开教室的门。

教室里生着炉子，有人把红薯干放在上面烘烤，我由于着急，忘了带中午的干粮，要好的同学送我几个烤热的白薯干。

整整一天，我心不在焉，我只是想，是不是有人关注我的毛衫：比如潘庄子的李丽，她见我穿什么都喜欢，都发誓“让我妈妈也照你的衣服做一件”，因为整整一个冬天，她都只穿一双白球鞋，即使坐在教室也总是缩着脖子瑟瑟发抖；比如徐娇，说是叫“徐娇”，其实一点也不娇，她整个冬天就穿一件黑棉袄。

可是，整整一个上午，没有同学羡慕我的毛衫，甚至没有人提起。

放学的时候，风雪更大了，雪粒在风的助力下组成一个一个白色的旋涡在我眼前飘过，旷野中一片迷茫，狂风伴着雪花在我耳边怒号，天黑得很快，我在旷野中飞跑，在恐惧中忘记了寒冷和饥饿。

在我跌跌撞撞跑到村口的时候，眼前一黑，一双有力的手围着我的脖子旋转，转瞬间，我的脖子上围上了温暖的围脖儿，身上披上了一件灰色的棉猴儿。

到家后，姐姐摸着我冻裂的手，一把搂过我："毛衫给你了，不过得等到雪化了再穿！"

二

天还没完全亮，我们宿舍的姐妹们就把我叫醒，说是昨晚下了好大的雪，她们要带上不苟言笑的我到体育场玩儿雪。

她们把我收拾一番，把我的头发在中间梳成一个小辫子，用木头发卡横卡起来，额头上留出一圈整齐的刘海儿，甚至拿来了化妆用具，对我突击打扮。

最后"化妆师"罗娜品评：眉眼是比较好看的，不用动了，但至少需要画一个红唇。于是，不容分说，给我画了一个夸张的红唇，让我穿上小荣的瘦瘦的牛仔，穿上吕芳的粉色羽绒服，出发！

看着我这个"作品"，她们颇为得意，到了体育场，她们把我安放到滑雪车上，我不会滑，她们用一个绳子拉着我，我笑得东倒西歪大声呼叫。

高高大大的来自承德的凯琳说："我叫你忧伤，我看你笑不笑。淑兰，你要知道天底下的男人有得是，你看谁在一棵树上吊死了？看你到了晚上就伤心我就心疼，我们商量好了，再也不在宿舍放《等你等到花儿也谢了》，忘了过去吧，开始新的生活！"

她们把雪球砸向我，让我在一声声的尖叫中宣泄忧伤或是快乐。

三

像是天遂人愿，滑雪场上飘起了茫茫飞雪。

“运气真好，老天爷都为我们降雪了！”

滑雪场上的人越聚越多，我在平坦处滑，都摔个不停，更不敢到高处滑了。

同行的人嫌这里的“雪山”太低，不过瘾，相继离开，到隔壁较开阔的雪场去了。

我的膝盖疼痛，不敢用劲儿，用双手勉强支撑。我说：“我就是来凑热闹的，在底下滑滑算了，不到高处了。”她不说话，我摔倒的时候，她就滑过来，给我支点，帮我站起来。

她已经滑得非常娴熟了，她的爱人和孩子不断地呼叫她去高处玩儿。

她不理会，在我旁边转悠，看我滑得差不多了，她叫停，让我摘下滑雪板。她扛着，扛到雪山顶。我仍旧很恐惧，看着从山顶滑下去摔倒的人，我就更胆小了。

她把我领到最西边的旗杆下面，让我扶着旗杆上滑雪板。我一只脚刚踩到滑雪板上，滑雪板快速溜出去，把她撞翻在地。

她爬起来，扶我在滑雪板上站稳。她说：“屈膝、弯腰，专注，啥都别想就下去了！”我按照她说的去做，保持一个弯腰的动作，真的很顺利地到了山脚下！

她对着同行的人兴奋地挥手大嚷：“小兰没摔，滑得很棒！”

她的声音在滑雪场上空穿行，像一支利箭，洞穿了我的羞涩，我主动拉起她，滑向更高处的雪山。

是的，冬天是冷的，但是，由于有了雪的记忆，我曾经虚荣的、忧伤的、羞怯的、冰凉的小小心灵便有了温暖的外衣。

平安夜话

今天只有一节课，领导让写的材料也全部搞定，下午5:05才开会，上晓蕊打造的“家”逛一圈，看到了裙妹妹的好多文章，虽然这些话不是跟我一个人说的，但是听到她说话我就很温暖。

看到她的好多文章被选入文集，她还开了专栏，真是很开心，我贪婪地不放过别人对她的祝福，就好像我在祝福她一样。

不是不想向她道喜，是怕她累着。我愿意把祝福留在遥远的迁安，为她节省时间喝一杯茶，茶香里自会有我的惦记在里面。

晓蕊，看到你这么努力，出了这么多的好成绩，真是为你骄傲。但这不是主要的，我骄傲的是你能够在文字的丛林里不迷失自己，懂得分寸，懂得沉静，尤其是懂得生活。这是我最喜欢的你。

虽然我喜欢你追梦的姿态，但是我更喜欢你幸福的姿态。当你说你在蒸包子、包饺子的时候，我真是很欢喜。

生活是第一位的，有了生活，才会有生活衍生的梦想。

我愿意看你的长发，我愿意看你快活得像仙女一样生活。

文字不会累着你，只会使你更美丽；盛名更不会累着你，只会使你更有魅力。

铁凝说：“世上所有的散文本是因为人类尚存的相互惦念之情

而生，因为惦念是人类最美好的一种情怀。”

妹妹对我的好，我是知道并懂得的，你给了我你所有的投稿邮箱，你第一时间告知我我的文章又在哪个杂志上发表了，你把我的文章推荐给你所熟识的编辑……我的每一篇文字的发表都有你的喝彩，你的鼓励，你的祝福！

因为懂得所以格外珍惜，不管什么时候想起都会内心暖暖。

我不说出来，是因为我想妹妹的感觉与我一样。《思维与智慧》笔会结束的那一晚，我们在北戴河车站拥抱告别的时候就决定了那不是离别是开始，心若近，天涯即咫尺；缘若有，千里也相亲。

今天是平安夜，很喜欢这个名字，平安夜，祝妹平安！

铁凝还说：“散文本不是人生道路上的‘赶集’，散文于我，是对心灵和精神的终生修炼。”

她还说：“在生命的长河里，若没了惦念，怎么还会有散文？

我想，我们一定能写出传承于世的散文，不是因为天资，是因为我们有彼此惦念的情怀。

祝福妹妹！

雨中的故事

天怎么突然就黑了呢？雷声滚滚，一道道闪电划过天空，轰鸣的雷声好像就在我的脚下炸响，我惊恐地贴着墙根走。垂柳拼命地摇晃着一头长发，阵阵狂风呼啸着卷起漫天的灰尘：不会到了世界末日吧？

空气中散发着浓重的土腥味儿。我被吓坏了，惊恐地和被风吹起的纸屑、塑料袋赛跑，我要穿越这恐怖的地方，快快回家。

一个人拦住了我，她喘息着，显然是追上来的，双手紧紧攥着一把被风吹歪的伞，大声对我嚷："你别跑了，要下雨了！"

我瞪着她，一言不发。

她被我视为"仇人"。

不管我画的画多好，她都说我画得不好看。为了证明给她看，老师让全班同学办有关《西游记》的手抄报时，我用了六张纸，画到半夜，直到让自己满意为止。第二天上学路上拿给她看，她居然说："没有对门的李欣画得好！"

可事实证明，我的手抄报，被学校选中，在大木板上展出了，而李欣的却"板上无名"。她这不是瞧不起人吗？

更可气的是她不愿意让我加入她们跳皮筋的队伍，她跟伙伴们说我不会跳，谁跟我一伙儿谁倒霉。

她是我的邻居，比我大四岁，我叫她芸姐姐。

难道她又来幸灾乐祸了？昨天我想让她带我去湖边捉鱼，她不仅不带我去，还向妈妈告状，说我不老实写作业就想着玩儿。

看着她着急的样子，我来劲儿了："你管不着，就跑！我一定要比你先到家！"

又来了一阵风，她的伞被风刮得伞面朝上，趁着她弄伞的工夫，我飞快地跑开了。

我家离学校二里地，还没跑一里路，就下起了大雨。风助语势，眼前一片白雾。

恍惚中听到有人在喊我的名字，我很恐惧，以为《聊斋》中的女鬼要现身了，跑得更快了！

跑到村北的池塘边，雨停了，太阳出来了！

明亮的阳光从云层中露出笑脸，被大雨冲洗干净的树叶高兴地泛着亮光。

我一点儿力气也没有了，走到路边的一块大石头旁，准备歇一会儿。这时芸姐姐追过来了，她大口喘着气，弯下腰说："你咋跑得那么快呀？我追不上你！"

哇！芸姐姐的惨状跟我不相上下：雨水顺着发丝淌到脸上，滴在脖子上，衣服全湿了。我俩低头看看书包，被水泡过的书页粘在一起。

"你不是有伞吗？咋也被淋成了这样？"我问她。

"还说呢，这么大的雨，雨伞根本不管事儿。我追你是想让你在学校旁边的农家躲一躲，这是暴雨，来势凶猛，过一会儿就晴了。也不知怎么回事儿，你像中了魔，不但不理我，还跑得飞快！"她说。

我腼腆地笑了，走上前替她抹去脸上的雨水。

那一天，是我人生第一次壮观的雨中奔跑；那一天，我知道了什么叫暴雨；那一天，我也知道了时时处处挑我毛病的芸姐姐是爱我的，以前不知道，是因为我的天空没有雷雨。

抬头，有你

日子弯弯如流水，抬头，有你。

半夜，一阵咳嗽，嗓子痒痒，喉咙一热，一口血吐到了痰盂里，昏黄的灯光下，你披衣起床，看着我大口大口吐血，你赶紧叫醒了另外一个姐妹，让她到隔壁男教工宿舍，找来了一起分配来的男教师。他站在宿舍门口，看我吐血不止，呆了，搓着手:“这么严重，怎么办，怎么办？”你命令他:“快去北边的家属院，找司机老王师傅，把皮卡开过来！”

皮卡停在了宿舍门口，你跳上副驾驶的座位抱着我。

窗外，雾很大很大，司机看不清道路，笨拙的皮卡像蚂蚁，颠簸着爬过寂静的长街。

你把新买的棕色的毛风衣披在我肩上。

做完一系列的检查，终于可以安静地躺在病房。

夜深了，他们都主动和我告别。

你没走。

“肺炎，应该不严重吧？”我问你。

你搬个小方凳，坐在床边:“没事的，养几天就好了，不过是重感冒而已！别瞎想了，睡吧！好好养着，等你好了，我给你买一大堆你爱吃的香蕉！”

我笑，睡了。

天亮的时候，发现你趴在床边睡着了。你的棕色毛大衣盖在我身上，最上面的扣子旁边沾上了暗红色的血迹。

我一阵惋惜：这件衣服是你和男友昨天坐班车从唐山百货大楼买的，五百多块钱，可是咱们两个月的工资啊！你说不专等照结婚照穿了，先穿上美美，呵呵，没想到，先让我美了一夜！

无星无月的夜晚，抬头，有你。

正月里，先生突然高烧不退，开始以为是心肌炎，连续输液一周后，突然又肚子疼，疼得他大汗淋漓，到县城医院检查，所有能查的都查了，就是查不出病因。

在医院输了一天液仍旧不能减轻疼痛，我们被迫转到唐山工人医院，时间一天天过去，所有的检查几乎都做了两遍，光检查的费用就花了一万五千元，仍旧不明病因。

最后，那个年轻的大夫把我叫到医务室，手摸鼠标，对我轻描淡写地说："其他疾病都排除了，血象这么高只能是艾滋病了！"

如雷轰顶："这怎么可能啊！"

看着态度坚定的医生，我跑出医院，在漫天大雪里失声痛哭。

你来了。

默不作声，和我并排站成雪的雕像。

你从口袋里拿出信封说："这是一万块钱，你先拿着。因为不知道你用多少，所以没有多带，也不敢给你打电话，知道你不好受。有病就得治，你得坚强！家里有我，你安心照顾他，用钱就打电话，我给你送来！"

你问我到底什么病，我说："艾滋病！"

你竟然笑了："这个傻丫头，这怎么可能呢？别的病我担心，这个不担心，因为不可能！他整天跟咱们在一起上班，连血都没献过，你还不知道这一点？走，西医不行，咱们找找中医！"

一个康复中心的老中医正好在工人医院坐诊。我们把他请来，他摸了摸，当下动手开了二十多服中药，让一并喝下。

第一顿喝完，先生似乎把体内所有的浊气都排了出来，看着那一大盆暗绿色的“宝贝”，我真是心花怒放：二十多天的煎熬，二十多天的期待，只要病好了，让我吃了我都愿意！

肚子自此就真的不疼了，高烧也慢慢好了。

出院后，同事们都买好吃的探望，你把他们送走后，掏出质量上好的秋衣秋裤，说：“遭了这么长时间的罪，咱也奢侈一把，我把咱迁安最贵的内衣淘来了，来，舒服舒服！”

先生笑，我也笑。

痛苦无望的雪天，抬头，有你！

春天里，我的身体每况愈下，连走路都有些费劲。

你上班碰上我，总要带我一程。

后来，我到医院查，转氨酶的正常值该在40以内，我的数值接近了2000！五个高升的箭头宣布我的身体出了状况：必须卧床休息、输液治疗！

我怕这病有传染，所以瞒住了你。

你是在我差不多病愈的时候知道的。

你来看我，既不买东西，也不像别的朋友一样塞钱。每次来，你都不闲着，把所有的屋子拖两遍，把饭做好，然后离开。

我逗你：“一遍就够意思了，还拖两遍，你不嫌累啊！”

你说：“一遍有土腥味儿，我得让你在家闻到好闻的空气！”

我把病愈的检查结果拿给你看，你探头找那五个箭头，直到确认真的没了，你才颤抖着手，把化验单叠起。

你买来了瘦肉、排骨、鸡翅、紫葱头、胡萝卜、芹菜，在厨房里忙活，你说：“我要让你好好享受一天！”

先生中午回家，说：“哇！莫非是田螺姑娘下凡了？冰箱里各种青菜切好并罩上了保鲜膜排放在保鲜层里，一块块瘦肉整整齐齐地码放在冷冻箱里。

餐厅里一桌子菜冒着热气，就等着我们下箸了！”

哦，日子弯弯如流水，我的日子里流淌着憋不住的笑和美，因为抬头，有你！

那个威胁我的人

一

一进冬天身体就不好，感冒不断，咳嗽不停。又是组织学生军训，又是监考阅卷，应接不暇。活着这么不容易，真想躺在床上，蒙上被子大哭一场。上床躺下，习惯性地翻书，里面飘下一张字条，用潦草的英文写着："不许收拾屋子、不许打水、不许干煮面条！"

受到如此威胁，顿觉心情大好，阳光从窗外探头进来，照在一个小罐头瓶上，里面是她昨天回家特意给我带来的花生油。

一个月了，我总是习惯用电热杯煮面条，放点盐和一小块白菜就是一顿早餐，我曾经在宿舍慨叹："包身工的菜里还有老板娘放的一点儿头油呢，我这面汤可真卫生啊！"说者无心听者有意，她居然回家给我带来了一小瓶花生油。

宿舍已经收拾得干干净净，黑色的水泥地面透着洁净的亮光，四个暖水瓶稳重地并排在一起。端杯倒水，热气升腾，寒冷的冬天在这个斗室收敛了狰狞。

我端详着她写的英文，感觉她这个英语老师写英语刚劲有力，怪不得她不舍得用汉字，准是怕我笑话她！

我喝一口热水，得意地笑了。

二

“今天不许躺着看书了，也不许穿你这身套装了，马上跟我出去买衣服！”

“又用威胁的口气，我要是不去呢？”

“不许不去！”

无话。乖乖地起来，换上衣服，跟她到了购物中心下面的一排时装店。她给我买了酸奶，我坐在门口的板凳上，边喝酸奶边看着店外的行人。

她在里面跟店员打听衣服，时不时地听到她和人家砍价的热闹声。

“你过来试试这套衣服！”里面传来她的呼叫。

我站在穿衣镜前，一片叫好声，她围着我左看右看，并不理会旁人的评价，头也不抬地说：“一百五十元吧！”

店员不愿意，说当不起家，得跟老板商量一下。

我脱下衣服，接着坐在门口的小凳上，看着路旁的一个小贩，拿着扇子在扇风，他戴着一顶白色小帽子，冒充新疆人在烤肉串。

“一百五十元，商量好了！”里面传来她的声音。

我从口袋儿里掏出一百五十元钱交给她，她拎着衣服随我出门，那店员跟我说：“你这个人买衣服也太省心了吧，人家给你砍了半天价！”

三

国庆节放假三天，正好利用这三天假期把婚结了！

“明天就是正日子，你今天还有心思上课！下课后哪儿都不许去，直接跟我到美容店做头发！”

“又是不许！”我嘟哝着拿着讲义去上课。

没想到剪个短发用这么长时间，我坐够了，她却当着理发师教训我：“一辈子就结一回婚，怎么能糊弄？这‘牛艳’理发店是咱迁安最好的理发店，不许腻烦！”

剪完头发，到学校门口，迎面来了一辆车，原来是我拍的结婚照到了，我一看那大大小小的照片，一下子就傻了：“这不是我的吧！我是利用国庆节合唱中间休息的一个小时照的，只穿了几套衣服，我当时选的是‘微微新娘’里最便宜的，好像一共才 100 多块钱，怎么这么多照片？”

她把我拽到一边：“别嚷嚷！哪有你这么照结婚照的，只要几张小的，没有大照片也叫结婚照？”

我不服气：“就这照相技术，照得根本就不像我，你看这手照得跟白玉一样，哪是我的手？一点儿都不像我，照几张小的，留个纪念得了！”

她不再软语劝说，转为严厉的威胁：“是我做的主！不许说不要！钱算我的！快点往下拿照片，不许不高兴！”

四

早就看好了这套房子，窗子多，采光好，屋子也多，就是面积太大了，只能在装修上省了。

装修得差不多的时候，她来了，全部检视一遍，说：“还可以，简约而又时尚，就是这地砖得换！”

“地砖钱我都交了，七块钱一块，价钱便宜也好看！”

“地砖不许糊弄！若是质量不好换起来很麻烦的！”

她把两个红色的工资本放到桌上：“这是我们两口子的全部家

当，一共一万一千元，我已经留出了生活费，要全部用到装修上，不许给我省钱！”

我的眼圈红了。

她又从口袋里拿出一个信封，放在我手里：“这三千块钱是我前些日子出车祸碰折胳膊的钱，大巴车主只赔给我三千元钱，今天刚给的，我直接给你拿过来，留着你应急！不许因为买房委屈自己，尤其是吃的，不许糊弄！”

我把想蹦出来的眼泪逼回去：生活赐我挚友，我当欢笑！

喜欢两个汉字叫“不许”！

4

第四辑

乡 情

故乡，岂是一山一水？是晨起的鸡鸣狗吠，是日暮的袅袅炊烟，是母亲的锅碗瓢盆，是父亲的沉默关怀。它是内心深处最温柔的部分，软软的，暖暖的，怀念、甜蜜、疼痛和依恋。

温柔的部分

经常会感念韩东的几句诗：

“我有过寂寞的乡村生活\它形成了我生活中温柔的部分\每当厌倦的情绪来临\就会有一阵风为我解脱”

我家临街，北门外是一口井，井水很浅，下雨的时候，用瓢舀就能喝到水。

晚上村子里放电影的时候，小孩子们就在井边用石子圈出地方，抢占有利地形。井水很浅，不需要盖盖子。吃过晚饭，抽着旱烟迟来的人，只好站在后面，或是爬上土墙、矮房，抢不到近处，只有抢占高处，屏幕正面背面全是观看的人。

春天村里的槐树挂满了槐花，一串串槐花洁白耀眼，弥漫着沁人的浓香。孩子们找来竹竿，在上面绑上有弯钩的铁丝，站在路边、走在街上、爬上房顶去钩采一串串槐花。采摘下的槐花，被捋下来，放在小簸箕里，大人们用槐花做馅儿，蒸包子，烙合子，焖窝头；小孩们把剩余的槐花兜在怀里，用手指抽出里面嫩黄的花蕊，放在舌尖上，细细地咀嚼，直到唇齿间流溢出细细的甜香。

农历三月二十五螃蟹节，大街小巷摆满了螃蟹。孩子们上午只上两节课，学校给孩子们留足闲逛的时间。平时手头拮据的父母亲这时则大方地给孩子两三毛钱，孩子们会在最热闹嘈杂的街头买一只自己最心仪的螃蟹带回家，吃完螃蟹，将螃蟹腿卸下，装在铅笔盒里，留作到学校炫耀的资本。

这一天我家的灶台前会爬满父亲从集市上背回来的青绿色的螃蟹。忙碌的母亲把螃蟹逮进大盆，洗完后一块儿倒进铁锅煮沸。我们站在锅沿儿边，等待螃蟹逐渐变红，不等坐在桌前，用筷子捞起一个，蹲在门槛上享受螃蟹大宴。

吃剩的红红的小虾小蟹都被放进竹笼里，吊挂在屋内房顶的铁钩上，让孩子们可望而不可即，留做下顿的美味。

夏天的晚上到邻居家看电视，土炕上坐满了人。等到电视剧演完，大人们都关好大门睡觉了。我拐过街角，绕到街前的两棵大槐树下，顺着树干翻墙而进。

悄悄地插上屋门，钻进蚊帐。看着墙上晃动的斑驳的柿子树的影子，在心里余味未尽地哼唱刚刚看完的电视剧的主题歌，伴着蛐蛐的小夜曲入眠。

八月十五中秋节，白发的奶奶，迈着颤悠悠的细步，用微颤的手指，夹住一个像柿子一样大的月饼送给孙子孙女。我们舍不得吃，把月饼埋在装满了粮食的柜子表层，留到晚上和家人一起分享。

走出村子，走过一条长长的白杨树林，再经过一片豆田和一片玉米地，经过两条沟壑，穿行在夕阳西下的旷野中，就在我因为天空飞鸟的尖叫而恐惧地呼叫“爸爸”的时候，就到了小河对岸我家的花生地。父亲在花生地里搭了个窝棚，窝棚前有爸爸烤花生和老玉米的小地炉子。

晚上我和爸爸住在窝棚里看守一地晾晒的花生，身下的高粱秸秆上偶尔有小虫爬出来，不过并不咬人。凌晨四五点的时候，就会传来各种鸟儿的叫声，河边的杨树杈上住着一窝小鸟，它们的家在暗蓝的夜幕下显得格外高远。

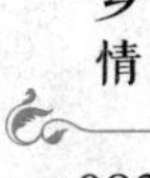

微雨的清晨，是捡拾花生的好时候。白亮的花生会在细雨的冲洗下暴露在绵软的沙滩上，我和长辫子的姐姐在晨光微露的旷野上抢拾花生。姐姐捡得快，在我快要急哭了的时候，爸爸则会用他宽大的手掌，迅速地扒开地垄边的桑枝，那里遗漏的花生多，爸爸手快，不一会儿，我的筐子就满满的，甚至满到长出一个圆锥形的尖儿来，我则留给爸爸一脸的憨笑。

帮爸爸把晒好的花生装到牛车上，我躺在最上面，看着天上行走的白云，看着树尖儿悠悠地被抛在后面，随着牛车的颠簸，尽情地舒展四肢，像躺在一个甜蜜的梦里。

“没有在深夜痛哭过的人，不足以谈人生。”为一百多位老兵送骨灰的台湾老人高秉涵含泪说。

乡愁，是游子解不开的扣、绕不过的山、走不到头儿的路，是割不断的回忆，是扯不断的亲情，是撇不下的牵挂。

故乡，岂是一山一水？

是晨起的鸡鸣狗吠，是日暮的袅袅炊烟，是母亲的锅碗瓢盆，是父亲的沉默关怀。

它是内心深处最温柔的部分，软软的，暖暖的，怀念、甜蜜、疼痛和依恋。

送我回故乡

当我觉得自己的心被一件又一件事情填满，刚刚天亮就盼着天黑时，爸爸，我知道我想家了。

爸爸，送我回故乡。

爸爸，故乡的苦菜花开了吗？还是那样一大片一大片的黄色铺满了河边的土坡吗？

春天布谷鸟叫的时候，你带我到河边，我们赶着马车到小河边播种。你用犁铧翻地，然后播种、撒肥，我拽着椭圆形的石磙子跟在你后面，像拉纤的小纤夫。

爸爸种得很快，我拉着磙子追，慢慢地没了力气，索性不再追了，脱掉鞋子，光着脚丫在田间慢跑，到田野里追逐一只蝴蝶，到杨树下采一朵摇曳的野花：红颜色的野花花瓣舒展，还带着黑色的斑点，像蝴蝶的翅膀，在草地上舞蹈；白颜色的野花像细小的星星，小米粒般聚在一起凑成一大簇，在田边摇头晃脑；苦菜花则用黄灿灿的笑脸打着招呼，精神地在草地上占地为王，成为晃眼的一片金黄！

爸爸不说我，种完一小块，把绳子套在自己的肩上，冲我笑，看我在温热的地头打瞌睡。

爸爸，我很想家，想坐着你的马车在杨树林间穿行，想扶着你的犁头在田垄间摇摆，想背拽着沉沉的石磙把每一畦种子压实，想躺在松软的泥土上看云彩如何被一缕风吹走，想采一束野花放在车帮上……

当我在一个房间待得久了，看不见树木，听不见鸟鸣，视线只有一尺见方，耳边只有牢骚不断时，爸爸，我知道我想家了。

爸爸，送我回故乡。

爸爸，故乡的房顶还有很多偷嘴的麻雀吗？一根根玉米还整齐地排成一个圆形吗？上面还插一个衣衫不整的稻草人用来吓走啄食的麻雀吗？

时间长了，麻雀知道那是骗人的把戏，照样在房顶啄食，在家里晾晒的白薯干上啄出一个个浅浅的小坑儿，不过，我也不介意，捡起被鸟儿啄食的薯干，吹吹浮土，在衣服上蹭两下，站在房顶瞭望房下的景致，有滋有味地享受白薯干的甜香！

爸爸，我很想家，想念你编筐时用炉子烤热的白薯，想念下雪时你用筛子给我套着的一只斑鸠，想念你下地时在背篓里给我深藏的几只鸟蛋，想念你在屋子里闲置的灶膛喂养的咕咕叫的鸽子……

爸爸，当我不知道杨柳在什么时候已经发芽了，当我不知道玉兰花的花苞在什么时候已经鼓胀了，当我不知道小河的冰已经漂走了，当我的心里已经没有了春天，当我的眼里满是疲惫的汗水，爸爸，我知道我想家了。

爸爸，送我回故乡。

爸爸，我很想家。我喜欢跟你去那块望不到边的麦田，你在前，我在后，你说："只要干就比不干强，累了就歇一歇！"我喜欢跟你去看场，满场的花生你不让动，让我捡吃摘过的花生秧上的瘪花生，你说："大堆上的虽好，但那是人家的。"我喜欢跟你到冬天的雪地去踏雪，你说："熬过了冬天，才知道春天的好。"我喜欢跟你到西瓜地摘西瓜，你一巴掌把西瓜拍裂，让我尽情地端着吃，你说：“有钱人冬天吃西瓜，没钱人夏天吃西瓜！”

爸爸，当我的眼前泛滥的是欲望和不满，当我的耳边弥漫的是浮躁和不安，当我的身体被疲倦推搡，当我的心灵被琐事纠缠，当我委屈而又不得不咬牙面对，当我被误会而又不得不低头吞咽，当我觉得我需要呼吸，我需要承受和等待，爸爸，我知道我想家了。

爸爸，送我回故乡。

爸爸，我很想家，在家里我可以撒娇，我可以贪玩，我可以不在汗水滴下的时候就躺下来休息，我可以不在面容憔悴的时候就停下来仰望星斗，我可以凝视一棵树，我可以嗅闻一朵花……

爸爸，送我回故乡。

家园如梦

无边无际的田野，小河，木屋，院子。

哥说："小兰，你去赶鸡，鸡在偷吃刚长出的菜苗！"

我走到院子里追鸡，那鸡变成了饿狼，撵着我跑，绿绿的菜苗消失了，眼前是一望无际的高楼。

前面是楼，背后是狼，中间是我。

我惊恐地大叫："哥哥！"

醒来，是梦。

嫂子打来电话："小兰，快回家看看吧，咱家要拆迁了，再不看看，就再也看不到了！"

我一路风尘，赶回我的村庄。村里已经没有路了，家家都在忙着搞建筑，或是盖门房、盖厢房，或是加二层、加屋顶，打井、栽树，街道上堆满了沙土、石块、树苗，我们不得不把车停在村南路口，步行进村。

街上还有蓝色、红色的彩钢瓦，因为施工仓促，被大风刮下来，甩到路边。

村口的大喇叭循环广播："后营的村民请注意，后营的村民请注意，不要再施工了，物流公司的老总、金鑫钢铁的老总说了，新盖的房子也不多给钱，新栽的树也不算数，彩钢瓦屋顶中看不中用，太危险了，别再折腾了……”

出入的村妇脚步匆匆，收紧眉头，我跟隔壁的大婶打招呼，她像没听见一样，目光呆滞地端着一锹土往前走。

好打扮的小秋嫂子头发凌乱，满脸憔悴地往矮墙上搬砖。

街上扯满了凌乱的电线，显然，大多数人家在挑灯夜战。虽然忙碌，但是整个村子，听不到喧嚷，静静的，能清晰地听到风刮起的垃圾袋在空中沙哑地低吼。

嫂子说：“村上的人都上火了，因为离开了土地，就像迷路的孩子，再也找不到家了。”

头发花白的六奶拄着拐棍站在破落的家门口。她们家是村里第一个被拆的，听外甥女说，她的小屋被补偿了四十二万元，两个儿子的地基大，分别分到了两个楼门，楼房正好够住，没她的份儿，她怀揣着四十二万元钱，一下成了没房住的富人。

到了我家门口。

打开院子生锈的铁锁，小院的地上铺满了落叶，窗台上落了一层浮土，我习惯性地在窗台上的破瓢里摸到屋门钥匙，推开门，灶台、炉子、水缸一样不少，“喜鹊登枝”的红色门帘仍挂在我的小屋门口，小窗还在，爸爸在集市上买的古旧的书桌还在，窗框上挂的旧物还在：一张1993年《读者》的年历插页，还有一张从笔记本里撕下来贴在墙上的托腮少女像。透过后窗，仍能看到窗外稀疏的树枝在摇晃。

我的眼睛盯在书桌的正上方，停住，不动，眼泪唰唰地流下来，那里端放着爸爸的巨幅遗像。

爸爸在看我，像六年前他活着时一样，沉默而镇定，严肃而慈祥。

相片前有小半碗麦粒，上面插着香烛。

我带上小屋的门，和爸爸待在一起，回味着清纯宁静的少女时代。想起了生病时，在这个小屋里一躺就是半天，爸爸每天会不声不响地把熬好的草药用白纱布过滤，端到桌前，嘱咐我：“喝了吧，虽然苦，喝了就有劲儿了！”爸爸看我一口气喝完，拿着空碗，放下门帘，再不打扰我。

再次想回我的小屋的时候，恐怕只能在梦中了。

姐姐们在城里租了楼房。搬到楼房的第一个星期，姐姐的嘴就出泡了：尖椒七块五一斤，三棵大葱要十块钱！据卖菜的老板娘说，汽油涨价了，运费高，蔬菜当然要贵了。

年迈的母亲在我耳边唠叨：“我八岁就被你姥爷许配给你爸，知道为啥吗？因为你爷爷家有一百亩地，粮食多得吃不完，你姥爷被咱村里人称为第一大聪明人，他说：‘庄稼人只要有地有粮，啥都不怕！’如今哪，不但你爷家的地没有了，全村人的地都没了，有钱有啥用？能当饭吃？”

阳光下，一片耀眼的绿色让我屏住了呼吸：一排排铺天盖地的秧苗钻出了黄色的土壤，站成了一个个绿色的袖珍士兵，随着春风得意地摆着臂膀，踢着正步。

我惊喜地大叫：“哥哥呀！”

不愿醒来。

留住梦、延续梦吧，或许，心中总有对美梦的憧憬，才能让好梦再现，梦想成真吧！

打开窗户

20 年，沧桑的或许不仅仅是心情，还有窗户。

喜欢 20 年前那一扇扇农家的小窗。

冬天大雪盈野，窗玻璃上结满了冰花。有雏菊，有奔马，有树挂，有小屋……伸出小手，粘出一排排小猫小狗的爪印；伸出小嘴，哈出奇形怪状的脸谱；把小脸贴在窗上，印出五官，透过“鼻子”探看窗外的小院：房檐上垂挂着长短不一的冰凌，瓦楞上融化的水珠没来得及落地又被清晨的空气冻结在空中。麻雀在厢房顶上一堆没来得及收起的薯条上啄食，警觉的小脑袋时而抬头观望，见无人打扰又低头偷食。

尤喜欢翘起脚站在窗台上，手扶木头窗格，用舌头在窗纸上舔出一个小洞，像捅开一架望远镜，视线越过矮墙，越过屋脊，能看到被狂风卷起的雪粒在远方的杨树林边飘舞。

透过小窗，能看到赤裸苍茫的大地，能看到白色飞舞的精灵，能感到时间的渺远，能触摸空间的苍凉。

夏天暑热涨天，后窗敞开，用小钩钩好；前窗打开，用房顶悬挂的铁钩吊起，一股凉风随之鱼贯而入，穿梁绕室，即使是在三伏天，也无须摇扇，拽过薄被，轻轻搭上，免受风寒。享受持续的风扇之爽，无须受噪声之扰；享受恒久的空调之凉，无须有入骨之忧。在阵阵自然之风的抚慰下，倾听夏虫的鸣叫，感受玉米的拔节，吮吸茉莉的浓香，酣然入睡。

敞开小窗，能被扑面的凉风爽身，能被无语的清凉浸润，能被适度的吹拂体贴，能被自然的流动卸装，能清静，能放松，能沉睡。

最喜欢遥望窗外的星斗。躺在洁净的床单上，双手垫在脑后，将窗儿打开，看幽黑的天幕上一颗颗调皮的星星。不懂星座，没关系，哪颗星眨眼眨得厉害就看哪颗；数不过来，没关系，那颗似乎永恒不变的最扎眼的星星就是交流的伙伴。寂寞吗？不，有高大的柿子树叶在屋内的墙面摇晃，风移影动，甚是可爱。单调吗？不，有清清的渠水在油亮的茄子秧底下轻快地欢歌。

遥望窗外，能看到神秘的星儿在微笑，能听到悠悠的流水在轻吟，能体味暗夜的深邃，能感受独处的宁静与安然。

“月儿明，风儿静，树叶遮窗棂呀，蛐蛐儿叫铮铮……娘的宝宝睡在梦中，微微地露了笑容……”树影飘移，风拂窗棂，蛐蛐鸣叫，娘哼小曲，宝宝入梦，柔美与静谧、甜蜜与温馨、自在与和谐交织交汇交融，“窗棂”成了拨动心弦的颤音。

“开轩面场圃，把酒话桑麻。待到重阳日，还来就菊花。”晒热的谷场，金色的园圃，火辣的烧酒，沉甸甸的桑麻，热切的期待，想象中的菊花……

“开轩”是惬意的动作，是洞开的眼界，是欢畅的心情，是远客归来的舒心一叹。

20年后，窗户变了，新颜换了旧貌，换成推拉式大玻璃，屋子里装上暖气，玻璃窗外面封上一层塑料薄膜，挡住了钢粒灰尘，也挡住了阳光。冬天，窗花没有了，宽大的窗户上爬满了污浊的泪水。

塑料封住的不仅是窗花，还有窗外的世界；消失的不仅是舔破窗纸的乐趣，还有对奇异冰花的想象。

变化的不仅仅是窗户，还有窗外的风景。

远处的杨树林被砍掉了，变成了通往钢厂的公路；雪花的独舞不见了，灰黑色的浓烟在空气中狰狞。

院子里除了房子还是房子，门房、厢房，棚屋……能够露出泥土的地方，要么全打上清一色的水泥地坪，要么打上水井，要么就栽上各种杂色的树木……

挡在窗前的不仅是黑乎乎的房顶，还有茫然不知所措的生活目标；光滑的水泥不仅禁锢了绿色生命的萌动，还抽走了依赖泥土的精气神儿；在院中拥挤呻吟的不仅是杂色的树木，还有浮躁失落的心情。

“窗户”是天赐的礼物，让我们拥有孩子的梦想和渴望；

“窗户”是自然的神佑，让我们拥有一畦畦绿色的滋养和活力；

“窗户”外面的土地是农民安身立命的自然之乳，什么高级的人造奶粉都无法取代。

“窗户”本是人类的眼睛，让人类窥视宇宙的奥妙，让人类感受天地造化的神奇。

善待每一扇窗户吧，换上玻璃窗没关系，但是撕下护卫玻璃的塑料吧，温暖虽少了些，梦想却会多一些；拆掉挡窗的棚屋吧，拆掉侥幸，拆掉忧虑，让风神自由行走，带来一室的清凉；拆走多余的水泥地面吧，让满眼的菜叶在阳光下波动，让绿色点缀我们的视野、丰盈我们的生活。

让明月上窗，让星儿遥望，让菜畦闪亮，让空气畅通，让脸色红润，让眉头舒展，让内心明朗，让双脚稳健，让双手结实，让生活有奔头！

推开窗户，眼亮心也亮！

我爱小河弯弯

在我的家乡有一条弯弯的小河，河道狭长，不知道它从哪里来，流到哪里去。站在村边的龙山上，能看见这条小河像一条细细的银蛇缓缓爬行。

河中有油绿的水草，使劲儿拽出长长的一枝，把白嫩的根掰折，就能吮吸到甜甜的汁液，这是那个特殊年代里孩子们最好的零食。

河岸边的小草长得疯快，一夜之间，它们就像接到了出征的号令，比急行军速度还快，先一天拔的草又快速染绿了一层地皮，没拔完的草密实得掩盖了花生苗，我不敢轻敌，拔得腰酸背痛站起来舒展腰肢，才发现自己只和小草争得了一个小小圆圈的势力范围。

草盛苗也盛，临近河岸的花生长势最旺，花生一簇簇，且不粘土，一抖搂，沙土哗哗掉下，剩下一嘟噜一嘟噜白胖的花生，甚是可人。

水面很窄，河道蜿蜒，波光粼粼的河面上时常有一条条小鱼恣意展示它们轻捷的身资。

干活儿口渴了就脱掉鞋，站在河水里，看着细流从脚面流过，沙土细软，有些晕。河底的小沙小石清晰可见，弯腰捧一捧河水放进嘴里，清冽甘甜。

就着河岸的几棵老柳树，家人用树叶、茅草搭成简易窝棚，这里就成了天然小家。闲时闻着庄稼的气息，躺在草铺上看几页残缺不全的《木偶奇遇记》，捡些柴火在旷野中点着后把花生埋在里面烤着吃，我们能听到自远而近各种鸟儿的叫声，有的令人毛骨悚然，有的尖利沙哑，有的清脆婉转。

窝棚成了一个让人无尽遐想的童话。

庄稼收完的时候，躺在沙滩上，看着白云在天上游走，天空像一口大锅罩住四野，河岸边金黄色的小野花随风舞蹈，河水在身边温顺地流淌。

有时候童稚的心里好像装满了心事，于是一个人走出村庄，走过麦田，在河边找一块向阳的坡地，那里有滑细如粉的沙子，躺在温热柔滑的沙子上，遥望着蓝天白云，年轻的忧愁就像手中的沙子，缓缓地缓缓地流泻。

十七八岁到了长大的年龄，失落的日子，在炕上一躺就是半天，任外面人语喧哗。

小河成了我的挚爱。

喜欢河边晨曦微露的寂静的清晨，太阳从灰蒙蒙的雾气中露出柔和的羞涩的脸，河边的柳树颔首不动，把根伸进河心，让白色的水汽在上面升腾。

一场冬雪过后，河两岸的沙滩被白雪覆盖。两岸冻结的土地上，偶尔在白雪下露出一两棵枯草，踩在上面发出钝钝的响声。一望无际的原野白茫茫一片，冰冻的河面上一群孩子在坐冰车、打冰猴。

烦闷的心绪无法排解，于是静静地出门，发现身后，有一个默默观望的影子，幼小的侄子尾随而至：“老姑，你是去河边吗？”

哦，连小小的他都知道小河能排遣我的忧愁。

是的，忧伤的时候，看看河岸两旁陡直的沟壑，在那些冻裂的褶皱里纵观岁月的沧桑，个人的小小愁闷又算得了什么呢？

跟粗糙坚韧的河岸对话，胜过人前的千言万语。

静谧的小河用静默陪我走过了人生第一个感觉漫长的严冬。

可惜，这一切都成了记忆。

弯弯的河道消失了，巨大的采沙轮船把河水吞食，河道变成了深沟，变成了行人难以逾越的天堑。

一望无际的旷野消失了，低眉含羞的垂柳消失了，蓝天白云也消失了。河岸边建起了无数座炼制钢球的厂房，庞大的炼钢炉里排出一股股浓黑的乌云，每天都像有猪八戒要光临高老庄。

布谷鸟的叫声消失了，紫红的桑葚消失了，随风摇曳的野花也消失了。河岸上的水每天仍在缓缓地流动，颜色也在慢慢增多：红红的是造纸厂排出的，灰灰的是鸡粪厂排出的，黑黑的是钢铁的废水残渣，大量混浊的黑水，流进小河干枯的河床。

空气中流动着钢铁和鸡粪的浊臭。

我吟诵着“星垂平野阔，月涌大江流”，我吟诵着“野旷天低树，江清月近人”，我吟诵着“稻花香里说丰年，听取蛙声一片”……

很想很想哼唱那首歌谣：“遥远的夜空，有一个弯弯的月亮，弯弯的月亮下面，有一条弯弯的小河，在那小河下面有童年的阿娇……”

弯弯的河水流进我的心上，我的心充满惆怅，只为那今天的村庄再也不能唱着动听的歌谣。

故乡的小河，你用弯弯的忧伤穿透了我的胸膛。

莫非我们美丽的家园只能靠我们这一代的记忆来给子孙们复现吗？

莫非我们在留给子孙巨大的物质财富的同时却狠心地丢弃了为他们的心灵疗伤的家园吗？

我爱小河弯弯。

你也是爱它的，我坚信。

我的故乡，我的世界

我的故乡“轩坡子”，传说轩辕黄帝嫡系子孙多居于此，因此以“中国轩辕黄帝姓氏文化之乡”的美誉被正式列入《迁安县志》。

环村有两座小山，一条小河。

村东的山叫“小龙山”。

穿过密密的榆树枝叶掩盖的石板路，就到了半山腰。

山上有很多像蝴蝶一样的红色野花，在阳光下精神地飘摇，我们每每要采下一大把，看见更漂亮的就扔掉，一把把扔，一把把地采，直到手里握的也都打蔫为止。

在山北的一个茂密的灌木丛掩盖的山沟里，两侧长满了小酸枣。我们不顾针刺，把尚未成熟的圆圆的小枣摘下来放进口袋，当作我们玩耍的“赌具”。

桃子熟透的时候，爬上山坡，捡最好的蟠桃吃，不用水洗，把皮剥下来即可入口，熟透的桃子来不及采摘自动坠地，成了来年的肥料。

站在桃树下，摘几个涩涩的黑枣在手里把玩，吹着山风，看着山脚的村庄的一排排屋顶和小院，一览众村小。

村西的山叫“香恩寺”，这山对我们小孩子来说很神秘。妈说她小时候二月二“走百病”，总喜欢跑到香恩寺玩儿，那里有佛爷和大殿，但1958年都拆了。

这山上有很多野果子：核桃、栗子、杏子、大枣，但是往往被人看着，不许随便采摘。越是这样，我们越觉得神秘。如果谁能用大竹竿敲下香恩寺大树上的长枣子或者是在山脚“捡着”一个绿核桃，我们定要对之刮目相看。

村东是一条自北向南流的小河，叫“沙河”。

沙河岸边参差错落着粗壮的柳树，春天的时候，我们这些女孩子仰望着柳树上的男孩子，盼着他们扯下多多的柳条，给我们做声音清脆的柳笛。

岸边是沙滩，长着根部甜甜的零星的水草。水草的尽头是桑树，蓊蓊郁郁的桑树棵子排列成行，除了春天摘不完的桑葚供我们解馋，还能编织各种桑条筐拿到集市上去卖。

桑树的中间是花生地。一望无际的绿色，铺天盖地。

我背着背筐和伙伴们拾野菜：花生地里“果见愁”最多，混淆在花生秧里捣乱。然后就是“人心菜”，这种菜的叶子是很好的食材，开水烫一下后，加入大蒜，是上好的包子馅儿。

马铃菜也很多，采回家，晚饭的时候熬着吃，或者烙成菜合子，妈说能治痢疾。

夏天的傍晚背回一筐筐的野菜，是我们这些小孩子必做的功课。

没有野菜的时候就背着筐去薅草，高粱地和玉米地里有很多青草，一会儿就能薅一大堆，压得实实成成的，把自己压成一个小“罗锅”、需要费力抬头才能看人的时候，就说明成果颇佳，可以在街上骄傲地巡行了。

小孩子们也不是整天这么乖，天生就知道为家里干活儿的。

我们最拿手的是偷麦穗、芝麻、白薯和萝卜。

麦穗饱满的时候，我们就趁着上学或放学的路上挑饱满的麦穗装在书包里。放学回家后，在灶膛里烧着吃，麦穗散发出诱人的香气的时候，从炭灰里扒拉出来，放在手心里一搓，一堆香喷喷的小麦粒就圆滚滚地“裸身”而出了，馋涎欲滴！

至于芝麻，就不用这么费事了，到芝麻地里一站，看哪棵芝麻熟透了，摘下芝麻，剥开，仰头往嘴里一敲，就满口浓香了！

秋天白薯长得鼓胀的时候，村里的每一块白薯地就在我们的掌握之中了。我们能准确地辨认哪块地的白薯好吃，一般来说好地的比沙地的甜而紧致。这还不算，我们还能准确地辨认出白瓤的、红瓤的、糖瓤的白薯秧子，其中“糖白薯”是我们的最爱，“高挑”的有着淡黄色“皮肤”的糖白薯吃起来甜脆多汁，有时候一块地的糖白薯会被我们偷挖掉大半。

至于萝卜，那就更是我们的“家常”菜了。

伙伴们下地的时候，路过弯弯的水渠，在渠水边蹲下捧水而饮，这工夫就能偷窥到哪个萝卜最好吃。把拔下的萝卜在渠水边洗干净，在镐头或者挠子（带齿的农具）上一磕，就裂成两半，我们分而食之，神清气爽。

我无意说我的故乡是美丽的，“美丽”这个词因人而异，我唠叨的故乡里深藏着我的足迹，轩坡子的一山一水、一草一木，遍布了我小小的身影，所以，轩坡子于我，是最美的世界。

世界上可能有许多美丽的地方，但是由于它们跟我没有关联，所以它们再美也不会在我的心里刻下思念的划痕。

我无意说我的童年是美妙的。很多不美妙的事，加上时间的纱布滤洗也变得“美妙”了。我不认为这种脱缰野马式的童年有什么粗俗和低劣，或者说是荒废和虚度。

每个孩子都应该有自己的家园，都应该有自己精神上的故乡。她（他）睁开眼睛看到的世界应该是她眼中的世界：是蓝蓝的天，是青青的草，是高耸的山，是清澈的溪流，或是挂满篱笆墙的白葫芦、绿绿的豆角秧、娇艳艳的喇叭花，或者是一只摇尾的小狗，一只蠢笨的鸭子，一个漂亮的窗花……

当我们把钢琴和舞蹈的海报塞在她们手里，当我们用电脑和电视占据他们的空闲，当我们把一个个辅导班填满他们的脚步，我们，是不是用“上进心”剥夺了他们的故乡？我们残忍地为他们复制一样的生活、一样的回忆、一样的感受，可是他们的故乡在哪里？

没有自己的足迹、没有自己的逍遥、没有自己的淘气，没有留下自己独特的印记，是不是剥夺了孩子的故乡和世界？

我的故乡不只这些山山水水花花草草，它还有自己的趣味和热闹。

高音喇叭每天早上晨起一歌、说评书，抢占地盘看电影，过年的时候，嗑着瓜子、吃着花生追着秧歌队。那秧歌有剧情，有主人翁，有配角，有唱，有逗，有说，有闹。我们村一个小伙子扮演媒婆特别逗，耍着大烟袋，脸上点着大痦子，一步一扭一个眼神儿，全身是笑。

至于死人的葬礼就更隆重了，男孩子们全“入伙儿”，手执“九莲灯”，集体到账房支蜡烛，围着全村绕。最热闹的是“入殓”和“行礼”。“入殓”一般是在下午两三点钟，所有的亲属全部到位，在亲属入棺前痛哭拍棺相送，还有一个专门仪式“辞生祭”。死者最亲的人这一时刻能够揭开逝者脸上的白布，用清水为之洗眼。这才叫生离死别、天人相隔，就算是没泪挤泪的人在这种情形下也要动真情，掉下几滴真实的眼泪。“行礼”往往是在晚上进行，只要是“上账”拜祭的亲友，都要严肃地冠以“先生”来到棺前，跪拜行礼，直到主持人高唱“礼毕”才可以站起来。

如今的过年已成了走过场，人丁兴旺的热闹已成过往，即使打工族都回家过年，也不过是吃吃年饭、打打麻将，串亲时不到一杯茶凉的工夫，人心早就飞了。至于葬礼就更啼笑皆非了，“哭灵”成了抢手的职业。

我无意说现在的“家电下乡”“麻将下乡”“电脑下乡”“文化下乡”有什么不好，我只是担心一种生活方式将要以怎样的形式融入另一种生活方式？当乡下的精壮、精英都背井离乡投入城市建设的洪流，这一系列的“下乡”都“下”给什么人？

很难想象我的童年如果是没有兄弟姐妹在身边，只守着年迈的奶奶和电视，纵使是锦衣玉食又有什么快乐可言？

而这些在农村日益盛行的“娱乐”如果没有正面的引导，是进步，还是萎靡？是引领，还是破坏？是农村新文化的兴盛，还是旧有民间文化的凋落？

熊培云说：“没有故乡的人寻找天堂，有故乡的人回到故乡。”我祈盼我的孩子不但有故乡，而且有比我的故乡更美的故乡，有故乡的孩子不用去寻找天堂，精神上自有皈依。

甘地说：“就精神生活而言，世界就是我的村庄。”我祈盼我的孩子不但有精神世界，而且有更高品位的精神世界，有自己独立精神世界的孩子，无论到哪块土地都不会迷失。

毕竟，有故乡才有世界！

山中岁月

翻过一道道山岭，走过一道道山野长城，顺着青石铺就的宽阔马道的墙基，我们来到一处坡下，群山环绕之中有一个青砖飞檐的庙宇，走近一瞧，不是庙宇，而是一户人家。

我们在这户人家西面的山坡上探幽访胜，没看到出奇的古迹，倒是看到了很多红白相间的山岩，山岩下面爬满了葛根和散落的黑皮核桃，再无去路。

此次出行很仓促，先生早上打篮球，没来得及吃早餐就跟我们来这里爬山，早已饥肠辘辘。

我在道边捡一些黑皮核桃砸给他吃，倒也略补饥肠。不过同行的玄哥说：“落地的核桃尽量不要吃，它们基本都不是自然成熟的，都有或多或少的缺陷。”

于是，不敢大批量地捡核桃吃。

抬眼一望，满坡上稀稀落落地栽着萝卜和红辣椒。

先生在菜地里端详那些萝卜，我们这群人多数都在小时候下地的时候偷吃过地里的萝卜，于是大家怂恿他偷一个萝卜来尝尝。

他四下观望，实在看不到主人，于是我们说：“拔吧，吃完咱们去给人家上门送钱！”

他拔了一个，出土虽少，拔出来个儿却挺大。

我们怂恿他在石头上磕开，觉得这样分吃一个萝卜才有味儿。

每人分到了一小块萝卜，似乎遥远的童年又回到了身边。

先生说："这萝卜不辣，吃完挺管事儿，觉得脑袋透亮了。"

我边吃边应和："我小时候要是头疼了，伙伴们就会给我'偷'萝卜，将萝卜用五齿的挠子磕开，每人分一小牙，吃了就不觉得头疼了。"

"怪不得《太后吉祥》上说：'萝卜就热茶，气得大夫满街爬！'"吃完萝卜，先生精神大振。

吃完萝卜，我们到类似"庙宇"建筑的人家老实交代。

小屋里只有一个穿着浅青色衣衫的老人，老人个子高高，并不驼背，精神很好。房间里只有一间卧室，外屋一个灶台，屋顶和墙面都被柴火熏黑了，大灶上还架着木柴。

屋子里有一个小榜柜，柜子盖敞开着，露出了里面的各色衣物，墙上贴着一张陈年的年画。墙根儿堆放一袋核桃，西面和南面有类似教堂穹顶的小木格窗，阳光从里面射进来。

屋外的窗台上晾晒着南瓜和黑不溜秋的小秋子。

院里摆着一个大簸箕，里面全是黑皮核桃，几只肥硕的母鸡在草丛里悠闲瞭望。

屋前屋后码放着整齐的干树枝。

有人说："能让我们逮两只鸡带回去吗？"

老太太笑："这鸡给多少钱也不卖，是留给孙子吃的，一共4只，年底带回老家。"

"那我们能买点山核桃吗？"

"不卖，只有一袋，是留给朋友的。"

我们报告老太太，拔了她地里的一个萝卜，还摘了几个辣椒，想给她点赔偿。

她说："吃吧吃吧，没事儿，不要钱。"

“你院里大簸箕里的黑皮核桃卖吗？我们已经砸吃了几个，不涩，很香。”

“院子里的你们都拿走都没事儿，不要钱，还有这窗台上的秋子，你们想拿多少就拿多少。”

有人拿了几个秋子说回去弄干净了把玩，有人往口袋里装黑皮的山核桃，老太太只是站在门口笑。

我说：“你多少要点儿呗，不比白送人强？”

“想送的不要钱，不想送的给钱也不卖。”

“您老在这里住多久了？多大了？”

“我和老伴来这儿十多年了，今年64岁了。”

“这么年轻啊，看起来也不过50岁！”

我们慨叹着老人紧致的皮肤和年轻的容颜。

杨绛有云：“我和谁都不争，和谁争我都不屑。”

是不是说的就是这山中老人？

小村的光棍儿们

这是一个以“马”姓为主的村庄。

“马”姓家族分为两派，以小村南北向的主街道为分界，街东的“马”姓家族多半散居在其他姓氏之中，且赤贫。

村西的“马”姓家族分为三院，覆盖了村子的西半部，拥有全村 90% 上好的农耕地。

这种分明的界限随着“阶级成分”的严格划分出现了翻天覆地的变化。

身份和资产的变化不是最主要的，只要的是“媳妇儿”的变化。

十里八村的姑娘都嫁到了村东，一时间村西的光棍儿成群，经常到我家串门的有三个。

我的母亲不擅长庄稼地的活儿，她最擅长做针线活儿，用母亲的话说她晚上从炕头做起，给舅舅们补棉裤，补到另一头的时候能听到鸡叫。母亲也擅长织布，织到后半夜，父亲一再警告不管用就会把煤油灯打翻，只有这样才能阻止母亲熬夜。

所以，母亲的工作性质决定了她有倾听的条件，她能一边干活儿一边听人唠嗑儿。

父亲和母亲最惋惜的是叔叔马光，非常聪明的一个人，祖上富裕，爷爷当过国民党将领，务农后因为被看青的说偷了一撮花生而跳井死了。发丧的时候没人讨论他是否偷过花生，而是唏嘘他因为一撮花生就死了不值当。

马光叔叔人长得俊朗，就是说不上媳妇儿，一天耽误一天。当他的头发都熬秃了的时候，政策有了好转，他在镇里跟别人合资开起了第一家批发店，成了经理，是村里的第一个万元户。

50多岁的人终于说上了媳妇儿，这个婶婶已经有了孙子，嫁给马光叔叔是为了养老。可是过了十几年之后，马光叔叔得了半身不遂，因为嫌家产落到侄子手里，老太太席卷家资跑了。马光叔叔晚年很凄惨，尽管有村里的老少爷们儿照顾，但是身上酸臭、邋里邋遢。临死前他流着口水颤颤悠悠、痛心疾首地跟我妈说："大嫂子，我想找个媳妇儿！"

妈说马光叔叔不是病死的，是想媳妇儿想死的。

另一个光棍儿马平叔叔正好相反，他其貌不扬，属于老实厚道、能吃能干型的。他是独子，父母挨批斗去世了，他独居一院，除了下地干活儿不怎么与人说话。直到我结婚的时候，才知道老实巴交的他和同村的六婶结婚了，50岁的他们居然传出了一段婚姻佳话。六婶嫁给他不久就瘫痪在床，马平叔叔一点儿不嫌弃，端屎端尿地伺候了五年，直到六婶去世。

我妈在家门口的石头上跟他闲聊，问他为啥对媳妇儿那么好，马平叔叔眼圈红了："老嫂子，不瞒你，俺这辈子活这么大也没被女人叫过'平'，她虽然嫁给俺俩月就得了半身不遂，但就冲她这么叫，俺这辈子没白活！"

妈说马平叔叔对媳妇儿好不是天生的，是这些年想媳妇儿煎熬的。

还有一个常来我家的光棍儿马成，他是车把式，赶着大车在村道上甩着红鞭子，很威风。马成叔叔身大力不亏，壮得像铁塔一样。按理说这样有"手艺"的壮汉是不愁娶不上媳妇儿的，可是偏偏他下面有四个小弟弟，在那年月简直吃人，他爹妈身体不好，一家人全依赖他。

我父母很同情他，眼看着他和村西的光棍儿们混得皱纹多了，有了白头发了，就想办法替他张罗。他呢，好像不着急，只是经常往我家“藏”东西，有时候是一小袋花生，有时候是一小袋栗子，还有一次是几个红红的大柿子。

这东西本不值钱，所以在我小小的心里不算是金贵物。只是他拿来的柿子又大又软，很诱人，他总习惯把拿来的好吃的藏进我家的麦缸。刚够得着粮食缸口的我刚想打开袋子吃一个，被父亲打了一下手，父亲说：“你马成叔叔拿来的东西不能动，是送人的！”

后来听父母谈话的只言片语，原来马成叔叔总是趁着赶集的机会去给郭各庄我们村马长敬的大姑送好吃的。

无儿无女的马成叔叔死后是他的侄子发送的，送葬的人群里，父亲指着远处长满白发的大姑对母亲说：“大丫头也来了，可怜他俩好了一辈子！”

大丫头的男人是在一年冬天下大雪的时候扫雪从房上掉下来摔死的，留下了一个2岁的儿子。

妈说马成叔叔死得不悲，她敢保证一辈子没嫁给他的“大丫头”会带着她的儿子定时给他烧纸钱。

慢慢长大的我逐渐明白，小时候看小人书上写着“打倒刘少奇”，我就跑去非要让并不认识刘少奇的父亲站在白纸黑字的一边高声跟我明确刘少奇是个大坏蛋！父亲不作声，我就觉得父亲分不清好坏人，而分不清好坏人在我看来很严重，这代表着拥有高小学历的父亲连电影都看不懂，我对是否看懂电影的标准很明确：能否明确地区分哪个是好人、哪个是坏人。

就像并不是所有的地主都是好吃懒做靠剥削为乐的“王寿昌”一样，也并不是所有的光棍儿都是好吃懒做游手好闲的瘪三儿，或者他们只是生错了时令的果树，在该结果的时候正在开花。

信点儿啥

村子里出现了一些很有“信仰”的人。

老李家的大儿子李长兴信观音。他偷偷买了个观音供在厢房里，自己整天游手好闲，就盼着供奉的观音给自己带来好运。

媳妇儿到家二话不说把观音砸了。

长兴把媳妇儿轰出门外，说：“你把我的好日子毁了！”

爷爷把长兴撵出门的媳妇儿找回来，说：“你啥都不干，是你媳妇儿又打工又下地供孩子上学，她就是救你的观音！”

坝坎儿上还有一个年轻媳妇儿，信神。本来家里外头一把手的她，自从心中有了神，啥都不干了，说是只要她一心向神，同样的米会比别人家出的饭多，缸里的米不用添加，越吃越多。

她丈夫出了车祸，腿折了，她倒不上火，而是连说：“这幸亏我信神，否则他还不定出多大的事儿呢。”

她整天在外面劝人信神，家务荒疏，孩子也不管，成绩一向很好的大女儿辍学了，她说：“在家待着吧，离考试最后一个月咱们再去，有神保佑，不学也会！”

这孩子真的辍学了，整天玩游戏，没心思上学了，连最后一个月都没去。

还有一个颇有家底的中年妇女，她信算命的，不管大事小事都要找瞎子、石婆子、大仙儿算算，后来就是玩儿个麻将也要算一卦：看看朝哪面坐能赢钱。

她的小女儿考大学，她信心满满：孩子，最后一个月，你不用上课了，妈给你到东北的深山老林里找人算过命，说你在家待着就能考上，不过那天出家门得走红地毯。

考试那天，下着大雨，她给家门外铺上了红地毯。

结果，走过红地毯的孩子还是名落孙山。

我问爷爷信点儿啥？

爷爷说："老社会盖房子的时候，不让妇女靠近，现在这个社会盖房子有妇女打工的；你老太太和你奶奶卧床不起，找了个石婆子又是唱又是跳，还不让吃药，两个人在炕上哼哼。我啥也不信了，瞒着家人偷偷到唐山买了针管，给她们娘儿俩打针、按摩、针灸，靠着我自己的手把她们娘俩治好了，能下地劳动了。"

爷爷卷了一袋烟，接着说："你舅爷是有名的算命先生，十里八村的都找他算哪一天是好日子。按说他知道哪天是好日子，该富得流油才对；可他穷得叮当响，还得靠我接济他米面过日子。"

"那到底您信点儿啥？"我好奇地问爷爷。

"我只信我自己，孩子，信自己才能吃上饭，才能有好日子过！"

5

第五辑

物 情

在重复的奔波里感恩枝头的第一抹新绿，在庸常的琐事里感念林间的第一缕晨曦，感受自己心里的惦记，感受独自关爱的惊喜，感受单纯无我的爱恋，感谢童年的小院，感谢屋顶的惬意，感谢美好恬淡的似水流年！累了，倦了，就想想吧，一个人，那不一样的花开！

不一样的花开

任岁月在相似的日子里平添着白发，任时光在相似的流程里叠加着皱纹。

就这样了吗？任岁月瞌睡，任时光发呆，在相似的年轮里重复相似的悲喜。

想在相似的日子里找到不相似的感觉；想在相似的流程里体会不一样的惊喜。总有一些日子是新鲜的带着潮气的，总有一些喜悦是纯净的带着露珠的。

想一个人去看，看看那不一样的花开。

漫天的飞雪飘满了园子，椭圆形的篱笆墙在微风中低语。小姑娘踮着脚尖，呼吸着雪的沁凉，轻轻地、轻轻地走向那裸露的石墙。墙边有一株被雪覆盖的花枝，她小心地伸出双唇，细细地吹去累积的雪的花瓣儿，露出了枯黄的花枝。她站起身，眨动着满眼的惊喜，在无人的雪园轻轻微叹：哦，总算找到了你，夏日为我散发芳香的茉莉！

万物似醒非醒的时候，在百花尚打着哈欠的时候。有一棵小苗在墙缝里钻出。它蹑手蹑脚地成长，唯恐惊动了那一畦畦刚探出头的韭菜，唯恐惊扰了在墙边飞舞的彩蝶。它就这样摇头晃脑，诚惶诚恐地、战战兢兢地成长。长出了叶子，长出了横枝，居然开除了羞涩娇弱的花朵。

每当晨曦微露，小姑娘都会如约来到花前，欣赏着花开，等待着花落。当它把稚嫩的花瓣儿交给斜风细雨时，枝头竟然挺立着毛茸茸的绿豆大小的青翠色的果子。她每天都伸着小指清点数目，当它长到豌豆大小的时候，她已经熟背下了每一个果子的位置，大大小小，共有98颗！98颗翠绿的小樱桃！她不禁笑眉舒展，哦，总算等到了你，我的可爱的小小的樱桃！

站在高高的槐树下，脚下是晒热的屋顶。小姑娘跷着脚，她想摘下枝头最耀眼的那串槐花。低垂的树枝上挂满了槐花，一阵阵浓郁的香气直扑鼻翼，她被馥郁的槐香包裹，她想摘下开得最耀眼的那一束，她正了正竹竿上铁钩子的位置，钩住旁边的枝干，一用力，枝干没折，但是枝叶低垂了，她把竹竿费力地夹到腋下，腾出双手，摘下最眼馋的那串槐花。她一把撒开竹竿，任它在枝头悬挂。她仰躺在温热的房顶，把花朵放在眼皮上，让槐花轻抚自己的睫毛，她又把槐花放在鼻尖上，让槐香沁入肺腑，哦，总算摘到了你，我的槐香！

一排排杨树在晨曦中格外挺拔。晨雾飘散，娇羞的太阳还没有露出瓦房的尖顶。紧挨杨树的土路上撒满了一地红红的娇憨的杨树狗儿。它们横七竖八地躺着，一副不愿招惹人的懒懒的模样。

远远地走来一个姑娘，她好奇地看着满地的落红，欣喜地捡起了脚边最是毛茸茸、胖乎乎的一个。可是，这些杨树狗儿忽然像被唤醒的斗士，它们在这个清晨焕发了身上的灵气，用自己洁净、水润的身姿缠住了她的脚，一个个争先恐后地炫耀着它们红红的小脸、微丰的身段。姑娘捡起一个又捡起一个，一个比一个饱满，一个比一个健硕，微带晨露的杨树狗儿弄湿了姑娘的衣襟。她站起身，向远处遥望，一股甜蜜的细流柔柔地在心间奔涌，她想他，她想见他，在这世上她有了自己心爱的人。

她打定主意，要把这一兜“宝贝”送给自己心里最惦记的人。远处有高大的垂柳，垂柳后面便有她想念一世的恋人，哦，总算捡到了你，我要把我的最爱送给他！

老去的是岁月，不变的是童真；逝去的是时光，带不走的是怀想。

不要说，平凡的日子不会有太多的惊喜；不要说，普通人的生活不会有持久的心跳。

在重复的奔波里感恩枝头的第一抹新绿，在庸常的琐事里感念林间的第一缕晨曦，感受自己心里的惦记，感受独自关爱的惊喜，感受单纯无我的爱恋，感谢童年的小院，感谢屋顶的惬意，感谢美好恬淡的似水流年！

累了，倦了，就想想吧，一个人，想想，那不一样的花开！

棉被祝语

16 年后重新翻出结婚时的被褥。

婆家置办的锦缎被褥泛着明亮的光彩在客厅中夺目，而娘家陪嫁的被褥都是棉线的，它们以最简单、原始的花色呈现着岁月打磨过的模样：不抢眼，亦不华贵。

结婚，可不是一个女孩子最喜庆的事吗？妈妈陪嫁给我的是四床被褥，这可是重磅家当，可这四床被褥，妈妈选择的竟全是这不起眼的布料。

妈不想让邻里在搬被子的那一刻为这些陪嫁赢得一些夸赞吗？

我摸着妈亲手做的被子，她当时在想什么呢？她在女儿最喜庆的日子送给女儿什么祝语呢？

妈不会写字，她的祝语一定写在被子里。

妈是做针线活儿的高手，即使 80 多岁眼睛得了白内障，穿针的速度依然比我快，妈妈的针线活儿已经不必非要靠眼睛。

小时候，最得意的就是穿妈做的棉袄。我家孩子多，没有上等的花布，我们的棉衣都是拼凑的黑布，但是妈妈会在领口、袖口、衣襟处弄出花样，还会打出漂亮的扣子。初中时一个女生看着我的用布条拼接的补丁棉袄说：“我让我妈也给我做一件你这样的棉袄！”

她父亲是“吃工资的”，她穿的衣服没有补丁。但是，我的妈妈，从没把羡慕的眼光留给我，我一直在她老人家做的棉袄里骄傲着。

最喜欢妈做的夹被。

被里是白布，被面是花布，不管被里还是被面都被妈在阳光下细细地洗过，还要用浆水淘洗一遍，最后再用棒槌槌，溜光的棒槌在妈手里左右翻飞，槌出的被子很有质感，夏天盖上有淡淡的米香，分外清凉。

我甚至有点儿“迷信”妈做的粉红色夹被。

上高中时，我老上火，动不动就发烧、流鼻血，瘦得一副皮包骨。

黄昏时爸爸习惯摸我的头，只要发烫他就用自行车驮着我去邻村打针，那时候刚时兴用青霉素。

爸爸带我寻医问药，青霉素、链霉素用了好多，还是不见效。

终于，病情有了转机。

有一天，妈妈拿出了矮柜里的一床夹被，粉红色的花朵点缀其间，妈说这被子原本是留给姐姐的嫁妆，见我病得难受就归我专属了。

我喜欢得不得了，早早躺在白色的蚊帐里，盖上红红的夹被，两只手攥着被头睡着了，一宿没动，睡得安安稳稳。

病竟这样一天天好起来，晚上不再咳嗽，也不再发烧。

从此，我对这种纯棉质地的红花被情有独钟：它，是我的恩人呢。

16年后，再看到这些花被，妈已不在。

这些花被太小了，我又舍不得拆，我要给自己做一床大被，怎么盖都不露风的。

站在柜台前，售货员跟我说：“你买鸭绒被吧，又轻又暖。”

“不，太贵了。”

“那你买人造棉的吧，一百多元就够了。”

“不。不透气，也不保暖。”

"那你要啥样的？"

"我要棉花的，再罩上一层轻柔的帐子布，就这种红五角星的就很好。外面的被罩，我要纯棉的，要粉红色大花的。"

"现在都时兴买现成的鸭绒被，你不嫌老土啊？"

"被子是盖给自己的，自己喜欢就好。"

售货员忙着给我扯被罩，说着聊着，布料裁小了！

售货员为难了，另一个店员拿出两块布说："这两块拼在一起，不大不小正合适，我们给你缝好，你看行吗？你要是不愿意，我们重新给你裁，只是那样的话我们的布头就多了。"

"没事的，反正布的质量都一样，不过多个接头罢了，多点东西总比少点儿强。"

两人紧缩的眉头舒展了，热火朝天地干起来。

我又给奶奶挑了一块上好的布料，质地柔软，那个售货员不住地夸我："给奶婆婆还这么舍得花钱，你可真是个大好人！"

"越是岁数大的人越是没用过好布料，给他们买才值！"

到家我跟奶奶说："你别留着，铺上，可舒服了。"

第二天奶奶神秘地跟我说："我给你大姑看了，你大姑说让我过年再铺！"奶奶像个备受宠爱的孩子，把满脸的欢笑洒在大街上。

我们新翻盖的房子有几级台阶，奶奶不上去。

我回老家的时候，婆婆跟我说："你奶奶拄着拐杖来咱家，原来是为了给你缝床单！"

我的床垫上居然有年近九旬的奶奶的"手迹"，我的心美得像奶奶脸上的笑容——花一样盛开。

躺在粉红色柔软的棉被里，不招摇、不惹眼、不华贵，质朴、随和、安然，这是妈妈希望的吧。

舒适、温暖、踏实地做人，这一定是我挚爱的母亲留在棉被里的祝语。

晒在台阶上的土豆

千里之外的亲戚要为儿子大办婚事，发下了大红请柬，要亲戚朋友们一定要亲临现场，词情恳切，心情热烈。

对此，族人们召开了一个筹备会，计算好去多少老人和孩子，去多少青壮年司机，老人和孩子由年富力强、有出行经验的中年人统率，统一坐火车。其他的腿脚利索的男女坐汽车，共派出6辆汽车，带上足够的零食，连续行车9个多小时，到达了目的地。

我没有凑这个热闹，一是怕路途遥远、时间仓促、驾车不安全，再就是工作繁忙，不好请假。

让人捎去了礼金，表达了我的心意，但是心底里像长草一样痒痒：亲戚在海边，如果去了，是不是能够和新郎新娘一样在尽享美味的同时饱览海边美景呢？丽日沙滩，亲人相聚，不愁吃喝，多么惬意的相聚！

我在家里数着日子，揣测着他们归来的日期：最少也得趁此机会玩儿三天。

没想到第二天晚上他们就全部返程了，大老远地去了，除了吃了一顿婚饭，连按照乡俗必吃的饺子都没有吃。

原由很简单：大城市的房子金贵，进了新郎新娘的房间，两居室的房子装修一新，全是木地板，父母一间，新郎一间。客人们来了，在门口负责接待的人说：“请看一眼就走，饭店在离新房不远的街角。”尤其让人心凉的是，接待员手里拿着一堆塑料鞋套，想进屋参观的亲友要套上鞋套。

于是乎，众亲友全部选择迅速撤离，奔赴饭店，吃完就返程，没心情看海，也没见着沙滩，只看见了高楼和车流。

不再为自己的没有亲临而遗憾。

在只有一个孩子的家庭里，结婚是大事，可是这大事在城市的高楼里似乎只与饭店有关。

“千里赴喜宴，礼轻情意重”，可是这厚重的心意被大城市人的“讲究”和“逼仄”消隐了。

新房不但不能“闹”，连看也要尽量像偷窥“敌营”。

大城市人的“干净”“高档”“讲究”里是不是也暗藏着小气、自恋和薄情？

想起了三姐家里的土豆。

三姐家位于轩坡子村的一个高坡上，她家的大门总是敞开着，夏天的中午到她家，屋檐下铺着凉席，有几个刚学步的村里小孩子在上面玩耍，饭桌总是安稳地常设在厅堂，上面除了摆好三姐做的一大盆主餐，就是一盘盘邻居们送的饭，以“老喜”送的饭居多。老喜做的饭香，他这个大小伙子以做饭为乐，左邻右舍都知道。

一盘饺子、一碗炒豆子或者是喷香的韭菜馅合子常让我肚饱眼还馋。

这时我就笑问三姐：“这算是你请我吃饭呢，还是老喜请我吃饭？”

吃完饭，走到三姐的院子里，两边是栽种的清亮的各种蔬菜，中间的水泥台阶上晾晒着十几个土豆，七零八落、土头土脑、自由自在地滚落在水井边。

我很喜欢这些土豆的存在状态，我在楼上就从不买这么多的土豆，也从不会让它们这样肆无忌惮懒洋洋地乱七八糟地晒太阳。

这是我节俭呢，还是活得不够大气？

总之，不再向往大城市的海边新房，连“看”的冲动也没有，倒是很想蹲在三姐的小院里，常看看这些晒太阳的土豆。

麦香

在我的家乡打牌，先输牌的人喜欢说“沙河驿北边——后营（赢）”。

后营村坐落在沙河驿镇和轩坡子村之间，有时我想如果沙河驿是一个古驿站的话，那么后营是不是就是这个驿站的后院呢？是个可以放马歇息的营地；轩坡子确有“坡子”的起伏不平，而后营则是这个“坡子”端庄的南大门：宽敞而平整，是个颇有姿色的小庄园。

从沙河驿或轩坡子进入后营，远远望去，四周平旷的田野聚焦到几团参差蓊郁的树冠，枝叶掩映下的房舍便组成了后营这个安静的后院。

后营太小，小到不足以另立门户，它隶属轩坡子大队，轩坡子大队最好的麦田是以后营为中心向四周辐射的，后营是轩坡子的粮仓。

中秋节前后，白天忙着收割秋庄稼，晚上要趁着月光为麦田泼粪、浇地。

月光如水的晚上陪着父亲去浇地，水量大的时候，同开好几畦，哗啦哗啦的水声是小麦贪婪的豪饮，父亲总要确认小麦喝饱了才换到下一畦。水渠里偶尔有飞虫点水或无根的水草漂过，但水仍清澈无比，是可以捧起来喝的。

喝饱了水的小麦像个乖孩子沉睡一冬，春雨过后就猛蹿个头儿，一天一个变化，整个大地披上了绿色的锦缎，杨树是绿的，春风是绿的，天空是绿的。

仰躺在麦田的土埂里，藏在绿色的心事里，心跳是绿色的，呼吸也是绿色的。

等到麦穗饱满尚未变黄的时候，在晨光下采摘一大捧兜到灶火下烧着吃，烧到一定火候，一撮一大把麦粒，一起放在嘴里，倍儿香！

6月麦子成熟的时候，我们就会放麦收假，跟着家人一起摩拳擦掌，全家齐上阵。

干点儿少点儿，父亲总是不顾母亲心疼的唠叨，积极主动地带上小小的我去割麦。金黄色的麦浪翻滚，一眼望不到边。父亲怕我发愁总不忘在前面回头鼓励我：“别追我，割不了两畦割一畦，割一畦就少一畦！”

我边割边歇，扛着麦捆到地头儿的时候，一身的细汗把小袄都浸透，恍然明白为啥这时节的伙食特别好，葱油饼的香味串着庄院的房檐走。

收麦是不能等的，雨前或雨后是丰收和歉收的分水岭。若是天气晴朗还好些，若是有变天的迹象，就会全村出动，干完的帮着没干完的，大家拧成一股绳儿，一干就是一个通宵。挥镰收割的、捆麦扛走的、大车拉运的、脱粒接收的，打麦场上摆着数不清的麻袋，人们头上嘴上戴上围巾、面罩，任凭灰尘飞扬，伴着远处隆隆的雷声或交错的闪电，每个人都奔走不停。

我的活儿往往是挣着麻袋，或者用簸箕灌麦，上万斤的麦子，往往灌到后半夜我就失去听觉，直打瞌睡。

电闪雷鸣后的晴天，是我们欢笑的好日子。

整个村子转眼就成了金黄的世界，天空也由绿色转成了金黄！

田野、村口、街道、门口到处弥漫着麦子的暖香。

我们挎着筐子在金黄的田野上、马路上捡麦穗，看着一堆堆的麦穗在院子里堆成小山，颇有成就感。

家人垛麦垛时，我赤脚跑到麦秸垛上顿顿脚，麦垛就更结实，我站在上面一颤一颤顶着麦秸秆欢笑。

等到家家门口都堆着蘑菇一样松软的麦秸垛时，我们这些孩子就闲下来了，钻在松软的麦垛里看书、捉迷藏、睡觉。

蝈蝈笼子、草帽、提篮、蒲团，各种用麦秆编的小东西摆在各家门口，金灿灿地晃眼。

时隔20年，当我被熟识的同事叫住："你咋长的，总这么清新，总这么精神，怎么你的嘴就不使坏，或言不由衷呢？"

笑而不答。

我不咋呼，是因为我扛过麦捆，我知道对于一个下苦力扛麦捆的人来说再大的牢骚都可以原谅，我不能忽略一颗心而跟人家的嘴过不去。

"伴君如伴虎"，我不是一个陪着领导说三道四的人，我只是一个干活儿的人，确切来说，是一个汗湿衣襟扛麦捆的人。

近来，有人提起悼词，说是真不知道自己死后，朋友会写给自己怎样的悼词。

想想有的人真是可怜，活了一辈子活得只剩下一张嘴，还不如一棵麦穗。

这样的人的悼词没法写，只能画一张嘴。

暗自庆幸，身体犹如陈年的老洞，贮存了足够多泥土的芬芳和清醇的麦香。

这麦香已化为脉脉的心香，散播给人间绿色的畅想，传递给人间金黄的欢乐，翠绿着世界，灿烂着生活。

墩布

收拾东西的时候，在杂物箱里翻出了一个崭新的墩布头儿，家里的新款墩布上任已有一年半了。而这个崭新的墩布头儿还是“前任”留下来的，前任墩布历经三年鞠躬尽瘁的劳作，各个部件因为操劳过度，散架了，被卖给了收废品的人。

最苦的是那个墩布头儿，上面的软布，一点儿弹性也没有了，磨得秃秃的，到后来已经起不到“擦”的作用，全是靠身体“磨”地。

即便是这样，我也没想过更换它。因为它还没有漏洞，尽管毛毛的身躯已经成了秃顶，毕竟还算完整，若是这么早就换上备用的岂不可惜了？

就这样让它坚持再坚持，直到支撑它身体的大厦彻底坍塌，它拖着人老珠黄的干瘪身躯被毫不吝惜地甩进垃圾箱。

不知道它有没有怨气：春风得意的时候固然不用考虑身后事，可是“人到中年”以后，它想过休息吗？它有过对自己的保护吗？尽管毛都没有了，身体成了干硬的扁块儿，它也没有提出申请休养一段，或者让后来者上，而是选择默默承受，害了自己，耽误了别人，有谁知？

其实，休息也不完全是偷懒，就像场上疲惫的运动员，被替换下来，是为了积蓄力量重新上场，深谙养精蓄锐之道，才能越活越有神采。

可是，墩布头儿不会说话，那造成旧墩布头儿死而后已、新墩布头搁置废弃的不良局面，该是主人的问题了。

为什么不在已经了解旧墩布头儿已经不适合工作的时候及时替换呢?

是舍不得新的登场吗?不给它机会，到底是因为想搂在心底娇嫩一生，还是不愿意面对它也许会被自己弄得破旧的现实呢?

不信任就是对“宝贝”的最大伤害，你让它虚度年华，眼睁睁看着别的“它”为你鞍前马后，它袖手旁观，无计可施，眼睁睁看着自己年华老去，吃的醋足以酸白了它的头，谁说深藏心底的“娇嫩”就不是伤害呢?

可怕的是时过境迁，舍不得的最终结果是让新墩布头儿成了历史的陈迹，成了崭新的废物：只可看，而不可用。

为什么呢?在该享受的时候没有享受，总想着为“未来”看一看、等一等，暗自忐忑：这么好的东西若是现在享用了将来怎么办呢?

留着。

把好东西留着。

以为保存了美好，以为收藏了尊重，以为细算了未来，不为自己留有“透支”幸福的负担，好放松!

殊不知，美好只有在享用的时候才是美好的，有的美好是有期限的，过期的美好，再美好，也只能看着，然后惋惜。

很多事情，是没有答案的。人生本是无解的题。如果有了美好的感受，就好好珍惜、好好把握，在好好享受中快乐度过每一天，再难解的题到了羽化尘埃的那一刻也会豁然开朗，活在当下，不留遗憾，不在“凑合”中糊弄，而在“享受”中快意!

春味儿

收到了一个邮包，里面有三大袋牦牛干，还有一盒菊花茶。

下晚自习泡上脚，吃着牦牛干，喝着茶水，身上出了一层细汗，这时电话响了，都快10点了，谁这么晚打电话呢？

“老师，我给您寄去的牦牛干能补充体能，昆仑雪菊对您的肝有好处，您别忘了喝，您要是喜欢，我再给您寄。”

“你不是在青海当兵吗？哪有钱？”

“我有补助啊！”

这孩子！

我慨叹，想起了那年春天下晚自习，我给他补了一会儿课，他说：“我骑电动车呢，我送您回家吧，顺路。”

我们来到楼下停车的地方，车后座上凉凉的，被一层细雾打湿了。他说：“老师，您等会儿。”

他噔噔噔跑回楼上，拿了一沓卫生纸下来，仔细地揩拭电动车后座。

天上弯弯的月儿旁边站着几颗调皮的小星，天空显得格外清朗，一阵淡淡的草香传来，我深吸一口气：累点又何妨？面对一个个懂事的孩子，就像嗅着春天的草香，适宜而清爽。

楼下又有卖小红虾米的了，推车卖虾的人边走边吆喝:“十五元一斤，先尝后买啊。”

我在车边停下，用手抓起一个，湿漉漉的，卖虾人赶紧推销:“就这样吃也行，油炸也行，补钙，来点儿吧！”

买了两斤，倒不是为了“补钙”。

我们的小镇每年春天的三月二十五是“螃蟹节”，这一天，爸爸会买螃蟹给我们吃，有一年螃蟹贵，爸爸买了一小竹笼这种小虾米，煮好后放在笼子里，我们想吃的时候，就到笼子里拿，我眼馋肚饱，妈怕我吃多了肚子疼就把小笼子挂起来，挂的地方很高，是从房梁上垂下来的一个铁钩子。

我站在笼下，踮脚翘首，这个馋啊，小红虾的鲜味在我的周围弥漫，轰不走，赶不开。

路口的斜风里站着一个卖菠菜的人，两元钱一捆，是那种叶子肥大、根茎长长的菠菜。

我买回家，用陈醋将它们和细粉条拌在一起，女儿说好看又好吃。

我说:“知道吗？上高中的时候，春天我爱咳嗽，老是不好。你振芳姨跟我一个宿舍，她最怕我咳嗽，恰好同桌是跑校生，家里种了好多菠菜，她每天上学捎一把给我，你振芳姨在宿舍用小刀切菠菜，是你削铅笔用的那种小刀，放一点酱油拌给我吃……”

每年春天，菠菜的清香便会在我家的餐桌上浓郁。

……

又想起了那个悬挂在房梁上的一笼小虾米。

当年爸爸见不得我的馋样，黄昏时背着妈把笼子摘下来，让我抱着竹笼吃。

很庆幸，我是这人世间贪吃的孩子，宠爱春天也被春天宠爱，“春味儿”绵绵不绝，就像爸爸给我买的“小笼虾”，吃不尽，真多啊！

饽饽

“饽饽”，也叫窝头，我们轩坡子人多叫“棒子面饽饽”，黄玉米面的居多。

小时候，不喜欢吃饽饽，硬硬的，总觉得这玩意儿吃完心里扎气，不柔顺。

可是特别饿的时候，当我检视菜园里啥菜都不能偷来吃，掉瓷的搪瓷盒子里的秕花生米再也挑不出一个完整的，我又不愿意为了吃半粒窄瘦干瘪的花生承受牙碜之苦，就不得不拿起碗架子里的饽饽。

仔细咀嚼才知道饽饽越嚼越香，要有耐性。

春天摊煎饼的时候，妈不让碰玉米面的煎饼，只让吃高粱面的，就越发觉得玉米面散发着甜香的神秘诱惑。

后来，玉米面里加入糖精，做成甜饽饽，放学后，从菜地里薅一棵小葱，在院子里的大缸蘸点儿大酱，拿到池塘杨树边的沙堆上看一本小人儿书，边看边吃，使得无拘无束的童年和甜饽饽一样有嚼头。

再后来，有了馒头，白胖胖的馒头敞开了吃，饽饽被置之脑后了。

没想到，30 多年后的今天，再一次喜欢起了饽饽。

二姐嫁给了同村的二姐夫，二姐做的饽饽从轩坡子村出发，香味儿飘到了迁安城。

二姐把饽饽放到学校传达室的时候，一帮赴席归来的人路过，打着饱嗝儿说："邢淑兰，你们家还有这么巧的人？要不是吃饱了，我真想来一个，真香！"

我把饽饽带进家里，先生进家就嚷："啥味儿啊？这么香？"

一向厌倦饽饽的他宣布把饽饽作为晚饭的主食。

一次，一好友来看我妈，偶遇饽饽，一口气拿走了七个，她说中午有请，在饭店涮羊肉，晚上再吃，后来她发来短信："没等留到晚上，饽饽被餐桌上的人全部干掉！"

正月，我的领导们来我家给我84岁的老母"送温暖"，来热热闹闹地给我们包饺子，我把二姐做的饽饽摆上了餐桌，一桌子的淡淡香气赢得了一片赞叹。

好友年迈的公爹不小心摔伤，在医院的病榻上茶饭不思，问他想吃啥，他说："想吃上次吃过的饽饽。"

二姐的饽饽成了一个老人的"念想儿"！

有人劝二姐："你咋不到城里租个门市卖饽饽呢？"

二姐笑："还不得赔死啊？这饽饽除了精细新鲜的黄玉米面儿，还有上好的黄豆面儿，菜是在秋天的时候专拣菜畦里精神的小嫩白菜叶，用清水洗净，放在玉米秆儿编的新盖帘儿上晾干，一点儿霉味儿也没有，一点儿也不牙碜。做馅儿的时候放进几根韭菜，稍稍有一点韭菜香，然后用大锅贴，贴出一圈黄嘎巴儿，用玉米秸的叶子烧火，用慢火、软火靠在锅边，慢慢煎熟。"

怪不得人们用"香饽饽"来形容人们非常喜爱的人或物，"香饽饽"之所以"香"，一定有它独特的功夫在里面，不管我们的胃口阅历了多少人间美味，纯朴、天然、清新、本色的东西也是永不过时的吧。

好想让自己长成二姐手里的香饽饽！

6

第六辑

世 情

其实给予很简单，给予别人的不一定是钱物的多寡，不一定是付出的多少，给予别人一分理解的心情、一分悦纳的情怀、一分善意的体谅，多多给予，会体验到莫大的快乐和享受！

温暖的“给予”

夏天，鲜桃上市的时候，我在离我家不远的路口碰到了久违的童年玩伴。她本来白皙的肤色泛着久经日照的黑红，坐在三马车车帮上，穿着工人改装的制服。

我俩对视后一阵欢呼，她捡了一个最大的桃子，用饮料瓶里装的洗桃水洗好递给我。我边吃边说：“给我称 5 斤桃子！”她称好后交给我，我给她一百元钱，说：“不用找了！”

她一愣，眼圈泛红：“爸爸得了不治之症，妈妈又瘫痪在床，孩子又小。”我说：“别说了，我能感觉到，以前那么爱美的你穿着旧制服，我知道你过得不好。有什么困难说吧，不能帮大忙，至少我要是温饱，不会让你饿着。”

取出自己积攒的一千元钱给她，我说：“这钱是不用还的，不是借你，是送你的，留着你给自己买饭吃，别舍不得吃。”

她接过钱，很难过地拉着我的手，说：“这让我更难受了。你知道我多想白送你几斤桃子而不是接受你的钱啊，给别人东西多好受啊！”

我傻站在那儿，不知所措，是啊，最让人舒服、最让人痛快的是“给予”，而不是“接受”！

世界是多彩的，有时候，给予不仅会给人温暖，甚至会改变一个人的命运。

著名主持人戴军在打工时回家坐火车误将一个老人的脖领当做自己的行李，将一双冻僵的脚插进去焐了半天后才发现插错了，老人不但没怪罪反而笑问："孩子，不冷了吧？"老人给予的温暖成了戴军改变命运的财富。美国《华盛顿邮报》主编劳拉·奥斯利在赴约途中忘了带钱包，在地铁通道一个流浪汉用分币凑够一美元资助他按时赴约，正是这一美元的资助，让衣食无忧的他思考穷困群体的前途，他毅然辞职，创立了让流浪者重拾自尊和对生活信心的报纸《路感》。

只要健康地活着，就是生活对我们莫大的恩赐，多给予一些，多付出一些，哪里谈得上苦呢？

其实给予很简单，给予别人的不一定是钱物的多寡，不一定是付出的多少，给予别人一分理解的心情、一分悦纳的情怀、一分善意的体谅，多多给予，会体验到莫大的快乐和享受！

精致人生

跟学生一起看一个材料作文，说是一个青年才俊介绍自己的成功经验时，提到他的母亲。他说尽管自己的山村生活很贫困，但是母亲总是把家打理得井井有条，从来不让他把东西乱扔乱放，母亲的理由很简单："生活可以简陋，但不可以粗糙。"

这真是个不简单的母亲，不只于她培养了儿子的好习惯，还在于她说能出这样有韵味的话。

李良旭在他的一篇文章中提到美国的自由女神像，说从飞机上看去，女神像皇冠上的发丝竟也雕刻得栩栩如生，毫发毕现。有人问已是耄耋之年的雕刻家维雷杜克，维雷杜克说这没有什么好奇怪的，别人是看不见，可是我的心能看见，这是我坚守的底线。

是啊，生活就是如此，即使你糊弄了，或许一时也没有人察觉，或许随意马虎些也没有人会追究，但是姑且不看将来人们的反应，即使是对自己来说，敷衍塞责的潦草人生也会让自己打哈欠，缺乏生活的激情。

作家铁凝在她的文章中提到两个人，一个是汪曾祺老人，说老人下放到河北沽源时，被分到"马铃薯研究站"。老人从未在文字里对那儿的生活有过大声疾呼的控诉，他只是自嘲地描写过，他如何从对于马铃薯无从下笔，竟然到达一种“想画不像都不行”的熟练程度。他还自豪地说，全中国像他那样，吃过这么多品种的马铃薯的人，怕是不多见呢。

还有一个是卖馃子的女人，炸馃子很油腻的活儿，但是在少女铁凝的眼中这个炸馃子的女人实在是美，动作娴熟、灵巧，打扮得体，招人喜欢。

这两个人物着实让我赞叹！

这才是人之为人该有的姿态吧，不管处于怎样的境遇，不管在从事着怎样的工作，都没有被生活所“迫”的无奈，有的是追求极致生活的享受。

当没有了无奈的怨尤只剩下把日子过细、过好的淡然后，如同为庸常的日子着了色、点了睛，每一天都新鲜、生动、有趣味。

在离我家不远的三里河边，有一个公共厕所，这个厕所不寻常，尽管我经常为我所在的小城迁安的厕所的卫生而骄傲，但是没想到普通的公共厕所会被经营成这般模样！

厕所的两边是怒放的美人蕉等耀目的花朵，花朵旁的草坪上有细流在潺潺流淌。厕所外面的窗台下整齐地排列着两排墩布，差不多20个！它们被悬吊在栏杆上，下面是长长的接水槽。墩布干湿分开，洁净异常，没有异味儿。进入厕所里面，就更奇了：一点儿污渍都没有，不管地面，还是墙面，还是水池都像家庭厕所一样洁净无瑕，空气中浮动着一点点清新的茉莉花香。

哇！这个主管厕所的女子居然在男女厕所中间的玻璃隔间里吃饭！里面居然有一张小小的床铺，还有她的锅碗瓢盆！

看着洁净爽利的她在香香细细地吃饭，我想起了日本的野田圣子，那个敢于把自己刷马桶的水舀起来喝的了不起的女人！

把工作做到精致的人生活怎能不好？把自己的生活过到极致的人怎能不给别人的生活带来温馨和美好？

想起了我的老公公，他是村里的赤脚医生，但是思想活泛，非常勤劳。去年他第一个尝试种“瓜”，这种瓜不为吃，只为收它的籽粒，白色的瓜子能卖出四十元一斤的好价钱。

他承包了二亩地，每天天蒙蒙亮就下地侍弄他的宝贝秧子。天热的时候回家背着诊包下村治病。一次回家，我看到院子里满是秧苗，一棵棵小小的绿色秧苗被栽种在如同公园里盛放串红等小花朵的黑色小花盆里。他说他已经动员村里的好多人家栽种这种瓜了，他认为种这种瓜比种豆子合算。

他的小奥拓像只小麻雀一样在村子里穿梭忙碌倒也罢了，他还别出心裁，把一盆盆小秧苗摆放到一个大油毡上圈起来，正好放满奥拓车的车顶！

就这样，他除了为乡人打针输液，还起早贪黑，驾着他的“坐骑”为左邻右舍免费送秧苗，奥拓车顶上的绿色瓜秧迎风摆首，在乡村的街道上招摇，神气极了！

这使我相信追求日子精致的人，不管在什么环境下都会是一个生活得有滋有味的人，爱自己、爱生活，精心打扮，细细打理，寻常的日子才会飘散出让人赞叹的好滋味吧。

给了爸妈“家”的那些人

爸爸摆摊儿的地方在天津侯台。

那时候，我在石家庄上学，爸爸总让我把信寄到一个叫“王绍玉”的人的家里。

后来，我知道她是爸爸的房东。

爸爸在信中除了嘱咐我要好好念书、吃好、喝好之外，总不忘提起“王绍玉”这个名字，说这个人对住家儿特别好，这让我对这个不曾谋面的房东倍感亲切。

放假到天津看爸爸，他给我讲述了一件事，说是有一天他蹬三轮车卖货，还没出庄，就和一辆大卡车撞上了，大卡车的车主不依不饶，说爸爸的三轮车擦破了他汽车前脸儿的漆，要爸爸赔偿。爸爸倾尽所有也凑不够他要的数目。人越聚越多，房东王绍玉也赶来了，爸爸说，她二话不说，也不问缘由，上去就是一顿臭骂，把那小子骂得灰头土脸的，再也不提钱的事，开着车就跑了。临了，王绍玉还对围观的庄里人说：“我告诉你们，这个邢大爷是我亲戚，谁欺负他也不中！他60多岁的人背井离乡做点小买卖不容易，大家都照看着点儿！”

此后，住处周围的人见了他都主动打招呼，都叫他“大爷”。

爸爸说，就为了这一声声“大爷”，他觉得他在这个地方奔波度日值了，不悔。

爸爸常提起路口卖烧饼和大饼的，说每次到他们的摊前买烧饼或大饼，两个小伙子都会和气地笑笑：“大爷，拿去吃吧，你吃不要钱！”

爸爸总是把钱准备好：“这不同于在咱老家串门，你们是做买卖的，大老远的不容易！吃饭的钱我有！”

爸爸这样说后，他们就特意给爸爸挑最软的、好咬的，而且不管多少，总象征性地少收爸爸一点儿钱。

爸爸对这事儿总念念不忘，他说，这不是钱的事儿，是人与人之间的情分。

自此，爸爸在这个庄里，就算是安家落户了，“天津市西北斜街”这个地名，我写了两年之久。

从不曾谋面的王绍玉、卖烧饼的、卖大饼的成了我心底最敬重的亲人。

后来，妈也过来给爸爸做伴，因为这些矮房子拆迁，爸爸离开了王绍玉，搬到了另一个地方。

这是一个长方形的院子，除了有个小东门，院子的另三面全是低矮的房子。爸妈在这里一住就是十多年。

妈说院子里的人如果晾衣服忘了摘，她就给拿下来叠好。因此，没有人不喜欢她这个“大娘”的。新房东对妈说：“大娘，我们要是搬走了，你跟我们走吧，你总这么乐呵，我看见你都开心！”

我有电话来时，也总打到对面的房东家，房东从不烦。

有一对从安徽来的夫妇俩，生了个女儿，跟我女儿同岁，爸妈更是喜欢得不得了，“小郭征”成了爸妈共同的口头禅。妈说这孩子特别懂事，她妈做饭时，她就在炕上玩儿，妈怕她摔下来，总是围着炕沿儿看着她，郭征的妈妈会把安徽的辣子炸好送给爸妈吃，而爸妈也把自家卖的核桃送一些给郭征父母。

逢年过节，姐姐们给爸妈炖肉、烙肉饼，爸妈总不嫌多，而是说：“多带点儿，让郭征他们尝尝！”

郭征的父亲曾经在天津当兵，转业后留在天津某医院工作，但是因为妻子没有工作，所以暂时租住在这个小院子里。

妈妈生病的时候都是郭征爸给妈打针输液。爸爸跟我说：“给郭征他们家啥好吃的我都舍得，因为这两口子就像对待自己的亲人一样对待我们。”

爸爸是在一天凌晨突然去世的，没有人知道他因为什么离开。

当郭征爸爸赶到的时候，爸爸已经停止了呼吸。他哭着问妈怎么不早叫他，妈说她不知道怎么回事儿，老爷子一向身体挺好，没想到他哼唧几声，就吐白沫，两个小时妈一直给他摩挲肚子，没想到得去找人帮忙。

妈妈说：“我没哭。因为不觉着你爸爸已经没了。郭征爸爸哭了，一边给你爸听心脏一边哭，边哭边说：‘这么好的大爷说没就没了！大爷昨儿还跟我说：“过年的时候，跟我回老家看看吧，我们那儿过年可热闹了！”怎么说走就走了呢？’”

爸爸的灵车走的时候，郭征的爸爸和院里其他的人都为爸爸送行，他们滴满地面的泪水让我知道：在这个世界上，不是只有血缘之亲才叫亲；不是只有土生土长的地方才叫家。

有爱的地方就有亲人，有真情的地方就是家。

别看海，看我

在南戴河坐半个小时的渔船体会一次出海。

由于时间很短，船上的游人抓紧时间行动，有的到船头迎风而立，有的到船尾看翻滚调皮的浪花，有的帮着渔夫摘渔网里残存的小海星。

我靠在船舷边，看那波光粼粼的海水，在阳光的照耀下像碎银，闪亮的光点望不到边际。

这时身边有一位画着夸张红唇的母亲，她高举手机，不时地大叫："别看海，看我！"她的胖儿子躲来躲去，就是不愿意在镜头前配合。

这位母亲在半个小时的旅程里焦头烂额，"别看海，看我"这句话就成了陪伴我们全程的很具母性威力的呐喊。

有意思。

只有半个小时，是让孩子"看海"，还是"看我"？

想起了那个古老的"买椟还珠"的故事。有时候我们忙着时尚，忙着选择，忙着分享，忙着追赶一个又一个热闹，忙着晾晒一个又一个变化，看似活得五光十色，但是，最该把握的东西——珍珠，没了。

很难想象如果有全程的手机跟踪拍摄或古人自己也热衷于玩儿手机，王羲之在会稽山阴的兰亭聚会后是不停地发照片呢，还是沉静地思考“固知一死生为虚诞，齐彭殇为妄作”的生死观？王勃在南昌的滕王阁上是忙着拍照上传呢，还是构思“落霞与孤鹜齐飞，秋水共长天一色”的奇绝美句？

形式太多了，内容呢？

现象太火了，本质呢？

生活太忙了，宁静呢？

“赶”，赶着一个个热闹，赶着一个个潮流，把交流交给手机，把情绪交给手机，把闲暇交给手机，日子呢？也是过给手机看的吗？

整天忙于过程的炫耀和分享，什么时候潜心修炼？

整天刷新日程的千奇百怪，什么时候把心得体安放？

在别人的言语里畅游“醒世恒言”，在别人的娱乐里欢享“前仰后合”，总呐喊让人“看我”，或自逼我“看人”，何时“看海”？

“看我”或“看人”都无法代替“看海”的美。

无声是美。

《琵琶行》中琵琶女弹奏的最高境界是此时无声胜有声。

在《中华好民歌》比赛现场，唐山歌手许明演唱的《小白菜》征服了现场观众，最后几句的吟唱没有任何乐器伴奏，只有声音，只用声音传达情感。

观众和歌手在一种纯粹“空灵”的吟唱里达到共鸣。

简单是美。

创造“苹果”神话的乔布斯十多年总是一身行头：黑毛衣、牛仔裤、运动鞋。

寂寞是美。

身怀绝技的武林高手，都要立得住，稳得下，没有几年的寂寞坚忍不会有“四两拨千斤”的绝世功夫。

美是多样的，流连于现代科技创造的高福利固然很美，但是别把它看成生活的唯一。

多看“海”，别只看“我”！

就为了那根黄瓜

老头儿很倔。

她不知道怎么招惹了他。

他从不和她说话，她和他打招呼，他的眼睛却总望向别处，闷声不响走自己的路。

他和老伴住最东边的套间，他们是房东的父母亲。她租住的是正房的东屋，他们只有一墙之隔，同处一院。

她开始检点自己。放学回家时，不管多晚，只要一进院子，她就把自行车拎得高高，唯恐弄出响动惊了老人的睡眠。

有一天下大雪，她抬着车子上台阶时不小心脚下一滑，摔了一跤，自行车稀里哗啦地滚下月台，那响声震得她心惊肉跳。她忙爬起来扶车子，响声还是把老头儿惊动了，他立在门口，定定地望着她，仍旧一语不发。

这盯视比骂她还难受。此后，每逢上下班，她愈加小心，尽量不出一点儿声音。

但他仍旧不理她，即使她讨好地对他笑笑，他也视而不见，让她的笑容尴尬地僵化在空气里。

她尽量表现得好一些，电工来收电费时，她总是多交，总让他们两口子的电费不超过十元。

可是他从来不提这事儿，装作不知道，以至于电工都不好意思地说："我这大伯也太过分了，他这不是明摆着欺负外来户吗？"她忙替他辩解："跟他没关系，我这是自愿的。"

为了改善关系，她在做好吃的时会主动送过去一些，一碗饺子、一碗牛肉、一条鱼，他老伴很感激，但是他仍旧不理她，脸上仍旧硬邦邦的，没有一点儿冰消雪化的痕迹。

她婚后的第一个生日，依照风俗，娘家要来人庆祝。她犯愁了，菜都准备好了，可是一个电饭锅不够用。再说，还缺一张吃饭的大桌子。

她实在没办法了，硬着头皮去找老太太，想借用一下电饭锅和饭桌子，并打算不让两口子做饭了，自己给端过来。老太太很乐意，让她自己取。这时他从屋子里走出来，骂老伴："自家的东西能随便给人用吗？你知道吃饭的都是些啥人？"

她受不住了，赶紧灰溜溜地迈步出来。

转眼，春天来了，她不再奢望能跟他改善关系。

她正常地上下班，快乐得像只小燕子。

她看到院子被重新修整过，散发着好闻的泥土气息。不久，菜畦里长出了绿绿的秧苗，黄瓜、豆角一天一个样儿地疯长。

秧子高了，爬满了竹篱笆，一根根细嫩的黄瓜顶着小黄花生长。她观察到一根黄瓜居然俏皮地悬在篱笆外，她每天路过，心里痒痒的。

这根黄瓜长到了一个巴掌那么长，胖瘦合适，笔直鲜润地披着一身绿刺儿吊在篱笆节下面。她驻足，忍不住了，摘下它，在自来水龙头边冲了一下就大吃起来。

她开心地以为，没有人会发现这么密实的瓜秧上会少一根不起眼的黄瓜，这小小坏事儿让她恍若回到了童年，悄悄重温了一回偷鲁镇毛豆的惊喜。

下午放学，她拿出钥匙，意外地发现门槛边放着一个竹篮，里面横七竖八地堆满了带刺儿的黄瓜。

他老伴走到她跟前小声说:“你大爷整天跟我叨咕你太娇气、架子大、不到我们屋唠家常……我还以为他真是烦你呢，今天上午我俩看到你偷偷摘黄瓜吃，他对你一下子就变了，说你懂事、稳当、大方，说你不像挣钱的人那么臭美，实在得像是我们那个远嫁东北的老闺女。”

她一回头，看到老头正微笑地看着她。他斑白的胡须沾着一点水痕在夕阳下微颤。他得意地说:“丫头，去年你搬来时，我给你的窗台上放了一根上好的黄瓜，可是你竟然让它烂掉了！大爷就乐意种菜，我的菜被重视，我才高兴；要不，你就是看不起我，你怎么能一点儿也感觉不到大爷对你的心意呢?！”

原来，所有的所有，竟是因为那根霉掉的黄瓜！

是啊，霉掉的仅仅是一根黄瓜，可那根黄瓜里面包裹的是一颗渴望悦纳的心意，忽略一个人的感受不费吹灰之力，可是感情的修补实在是太难了，怎么能那么巧，恰好在另一个春天邂逅并喜爱上同样的一根黄瓜呢?

围着路灯转圈的出租车

随着天色渐暗，我开始不安。

从天津出发的时候刚 2 点，怎么天黑得这么快呢？为了省几块钱，我买了从天津到唐山的慢车票，可是也不至于这么慢哪！整整走了 3 个多小时！

越着急越事与愿违，唐山到卑家店的班车走走停停，最后居然停在一个陶瓷场门口不走了。乘务员说，这就是终点站了，车不往前开了，并宽慰我说这里离卑家店不远，十几分钟就到了。

姐姐家离卑家店还有 8 里地，8 里旷野需要我徒步前行，我至少应该在天黑之前赶到卑家店！

我对卑家店是很熟悉的，这里是从唐山到姐姐家的必经之地。

我的心稍微放下一点儿，拎着包往前走。奇怪，怎么看不到铁路呢？去姐姐家的卑家店路口应该有一条铁路。

接着往前走吧，看到了灯光，拎包顺着路边的矮墙走到一处小卖部："请问到前魏峰山村怎么走？"

"往前走，再往左拐！"

"知道了。"我有了信心，顾不上饥饿，脚下生风。

走着走着就觉得不对劲儿了，怎么看不见要拐弯儿的路口啊？

往前再走，越走越瘆得慌，马路两边全是清一色的像长城一样的小矮墙，而去姐姐家的路是旷野中的土路，两边光秃秃的，啥都不应该有！

我不敢再往前走了，顺原路返回，但是也怪了，明明是顺原路返回，怎么就跟来时的路不一样了呢？一个人影也不见，想找那个小卖部也找不见了！

或者是不小心拐弯儿了我没注意？我又返回，顺着来时的路往前走，可是越走越心虚，全是陌生的路。

猛地躁出了一身汗。

我像无头苍蝇一样乱撞，到底在这段马路上走了多少遍也记不清了，就这一段马路有路灯，路灯的两头黑乎乎的，我不敢越黑暗一步。

看看手表：8点半了，我差不多在这里走了两个半小时！

还好事先没写信告诉姐姐我今天晚上来，在天津的爸妈也不知道我没到姐姐家，没有人担心真是幸事。

我又累又饿，走不动了，站在一个路灯下，我想好了，不走了，就在路灯下站一晚，反正有灯的地方不至于有坏人，天亮再说。

时间一分一秒地过去，我把包放在路上，靠着路灯歇着。

快十点时，来了一辆汽车，在车灯的照耀下我才知道我所在的地方是一片空地。

那出租车不走，车灯照着我，我不动，因为天晚了，我已经没有勇气打车了。

出租车停下来，司机看了看我，见我没有动静就开走了。

我仍在灯下站着，看着车远去。

可是，这车又掉头回来了。

我很奇怪地看着它。

出租车围着我栖身的路灯转圈，一圈一圈地转，见我仍旧没有动静，车停了下来，司机探出头说：“姑娘，这么晚了，你怎么不走啊？”

我说：“我想去姐姐家，可是迷路了。”

“那你上车吧，我送你！”

“不用了，你走吧。”

他看出了我的迟疑，把车窗开大说：“你看，我们是两口子，我媳妇儿也跟我出车了。”

怕我不信，他们两口子都下车了，司机热情地对我说：“你看看车牌号，你要是信不过我，你可以记下车牌号投诉我，我们是唐山出租车公司的，我们也想早点儿回家，也没来过这么远的郊区，看你一个人在这儿挺可怜的，你要是没钱了也没关系。”

又累又饿又怕的我实在没有拒绝的力气了，上了车，只是告诉他们姐姐家的地址，就啥心都不操了。

好心的司机夫妻找到值夜班的加油站工人，边走边打听，一路摸索，七拐八绕总算在 11 点到了姐姐家。

这事儿已经过去了很多年，那是一个手机和电话没有进入寻常百姓家的年代，我已经忘了司机夫妇的长相和当时默记下来的他们的车牌号，但是我忘不了出租车围着路灯转圈的情景。

转圈的出租车，你在用你雪亮的灯光跟我说话吗？你在说：“只要用心去感知，世上没有陌路，都是亲人？”

我没有寻找过我的亲人，因为我也会碰到无数个像我一样的行路人，他们或者是真的迷了路，或者是精神上迷失了方向，我不会逍遥地走开，我也会热情地像出租车上发散的灯光，围着他们转圈，把他们载离孤独和恐慌，带他们找到方向和安宁，这是唯一我能报答亲人的方式，我相信灯光多了，黑暗就少了；温暖多了，冷漠就少了；善良多了，世界就美好了。

那些温暖的“糖葫芦”

饭桌上，我好奇地问友人：“你的哥哥负债那么多，几次三番地让你失望、难堪，你不但背着媳妇儿把自己准备买房的钱送给他还债，还尴尬地为他四处筹钱，你怎么对他这么好呢？简直到了纵容的地步！”

他没有直接回答，而是给我讲了个故事：“我父亲死得早，母亲改嫁，我自小和哥哥相依为命。后来我考上了大学，哥哥省吃俭用供我上学，每次我回学校，哥哥都用自行车驮着我到镇上的公路边等车。有一次，哥哥看到车还没有来，他到不远的集贸市场门口买糖葫芦。车来了，我上了车，看到哥哥举着糖葫芦站在路边发呆。后来哥哥告诉我，他拿着那串糖葫芦，那串只给我买的糖葫芦哭了，边哭边吃，吃了一路哭了一路。”

我以沉默的方式对他的做法表示了理解。我们可能有无数个“不理解”的理由，可是“理解”的理由，只要一个就够了。

每次上班前，我都很忙碌，丢东忘西，而我年迈的妈妈总要蹒跚着走来，她不能长时间站立，就在门口摆了个凳子，把手放在腿上，喘着粗气看着我，我很不习惯地跟她说：“妈，你该上哪儿待着上哪儿待着去，门口有风，我怕吹着你！”

第二天，她就改变了地点，把凳子挪到了南屋的门口，她坐在那儿正好能看到我在客厅的一举一动。

一开始我没好意思说她，她看着就看着吧。可是后来，只要我准备上班，她就特别配合地坐在凳子上看着我，晚上她又不爱开南屋的灯，有时候我正要上班，一个白发的老太太坐在灯影里直视客厅，我忍不住说："妈，你别看着我了，不得劲儿！"

后来，女儿告诉我："妈妈，我姥说她忒稀罕你买的这件衣裳，黑身子白领子，好认，你到马路上她一眼能认出你来，我姥说她每天都记住你穿啥衣裳出门，你走在路上好能认出你来！"

不再管妈，一旦选好要穿的衣服不再随意更换。

女儿十周岁了，可是还时常在我们的卧室"蹭觉"。我说她羞羞，她不紧不慢地说："每次跟你们睡觉，我都把被子焐好，尤其是枕头，除了给你们拍成舒适的形状，还要比较一下，矮一点儿的枕头给妈妈，妈妈爱睡矮枕头！"

就此投降，不再逼她撤离。

到唐山师院培训，在餐厅里买好了盖饭，可是找不到筷子，看到排得密密麻麻的人群，很犯怵再"杀"回去，讪讪地挤在队伍边上问一个拿筷子的人："你的筷子从哪儿拿的？"这时，身边一个女士挤进人群，拿出了好几双筷子给她的同伴，然后，默默地递给我一双。

正是这些温暖的"糖葫芦"，让我们即使走在漆黑的暗夜、不得不咀嚼无法逃避的苍凉时，也能感觉到阵阵温暖的甜意在心间流转。

变成一串糖葫芦吧，给人间平添一串串温暖和甜蜜！

别不好意思

车带扎了。

我推着自行车到转角的修车处。

在上次去的一个修车摊位旁边又添加了一个摊主，我心里琢磨：莫非他就是那个不道德的修车人？

记得上次修车，那个腿有点残疾的修车小伙子和旁边一个人唠嗑儿：我这车带从来不进假货，不像他一样竟用假货糊弄人，假带进价十块钱一条，真带得十七元呢！

听他这么唠，我当时就觉得我算找对人了，钱多点儿没关系，只要货真价实就好，心里暗想，以后车子坏了，直接来找这个小伙子。

推车行走间，树边这个60岁上下的男人主动走过来问："修车吗？"我看了看北边那个比较熟识的小伙子，他正坐在马扎上对我挤眼睛。

我迟疑了一下，觉得人家都上赶着跟我打招呼了，我要是不理不睬说不过去，何况又不是换车带，花几块钱补带而已。

尽管我已经明明白白看到了那个修车小伙子给我使的眼色，我还是停下来把车子递给这个大爷："昨天刚打的气，今儿就漏了，你看看吧。”

大爷把车翻过来，边拆带便和蔼地跟我搭讪：“你这个车是咱迁安的第一批捷安特。”

“是，都十多年了，1999 年买的。”

“你要是好好修修，重新组装比现在卖的还禁骑。”

“可能吧，那时候的车圈质量好。”

他翻带、打气，然后检查漏气的地方，在气孔不远处有个小眼儿，他叹气：“这个地方不能补，补不住，得换带！”

我一听这话，顿觉一块石头落了地：根本不必顾忌他先前对我客气地打招呼了，我要当机立断另寻佳处。

于是搬起车子对他说：“对不住了，我去找他了，车带是他换的，我得让他解决！”

他见我搬起车子往北挪，气急败坏地说：“你早说让他修不得了！”

我把车子搬过来，小伙子热情地接过车子，我俩眼神相接，相对一笑。

看着修车大爷无聊地溜达到北边卖自行车的地方，小伙子跟我说：“我就知道他不给你补，准得说换带，这是他惯用的手段。”

我问：“到底用换带不？”

他说：“当然不用了！离气孔这么远，不碍事儿！”

我讶然，继而释然。

他说：“在我这儿补跟你要 3 块钱，在他那儿补跟你要 5 块钱，听来我这儿的人说我不出摊儿的时候，他不收补带的活儿，准是嫌挣得少。换车带价钱也不一样，我跟你要 20 块钱，他准要 24 块钱，还是假的！我的带保证是真的，我不进假带。整天在一起，我还不知道他是啥人？没看见我给你使眼色？”

我笑：“看到了，但是他主动要给我补，我不好意思拒绝。”

他说：“就这‘不好意思’耽误事儿！你这人，也不是我说你，对这种人就不能心软！老主顾都来我这儿补，他就是再会说话也没用，有的人根本不搭理他，有的人直截了当‘我不是来找你的’！”

本来这不是个大事儿，可是小伙子越说越激动，把话题拉开：“有个首钢工人，来我这儿也说‘不好意思’的话，说跟他从前是一个班儿上的，不好意思不找他补，照样挨糊弄也得忍着。我就急了，跟他说：‘我跟你借 100 块钱不还，你知道我是啥样人了，第二次跟你借，你就因为‘不好意思’还借给我？没完没了？’这人哪，都是因为你们这‘不好意思’惯的！”

他的义愤填膺惊动了我，想想这“不好意思”看似不起眼儿，其实害处极大：如果总是“不好意思”，那么那个大爷的行为就会大行其道，收费不合理倒也罢了，假冒伪劣盛行，大伙儿得不到很好的服务，还会导致“小伙子”这样的优质服务者受损，那这“不好意思”岂不是是非不分、美丑不辨、助纣为虐了？

罢罢罢，回头赶紧把杂志上“默默”转载我文章的稿费要回来，对不给稿费的杂志“不好意思”就是在给按原则办事的好杂志挖坑儿。

想想，惊出了一身冷汗，生活中有多少“错事”就是由这“不好意思”造成的？

敢于拒绝是一种清醒的品质，当我们都“好意思”拒绝的时候，才是真正的帮人和帮己。

永不沉没的“泰坦尼克号”

“耗子”买来了《泰坦尼克号》光盘!

办公室的男物理老师姓“田”，由于家属院在学校的势力范围内，他可爱的儿子就成了办公室的常客，我们这些刚毕业的小丫头管他儿子叫“田鼠”，很自然地将他这位“田大哥”升级为“田耗子”！

我毕业后本打算接着考研究生，可是由于教育局不让在职教师报名，所以我失去了机会，趴在办公桌上呜呜大哭。

办公室里只有耗子一个人，他围着我转来转去，束手无策，从抽屉里拿出了他的宝贝光盘:“‘小篮子’，你要是不哭了，我给你看大片！”

“小篮子”是他对我的专称。

我拿着光盘，破涕为笑!

可是，有光盘，没有影碟机呀，我找到了好朋友小孟，我俩约好到赵老师家去看。赵老师的爱人是银行的，在银行小院里有两间楼房，差不多是当时最奢侈的住房了。

我俩在周末到赵老师家去看《泰坦尼克号》。她忙着干活儿，我俩像到了自己家一样，一点儿都不见外，拉上床帘，坐在她女儿坐的小板凳上，专心致志地看电影。

我俩完全进入了情境，这个哭啊。赵老师的爱人回来了，我们不知道。他们俩把饭做好了，我们不知道。我俩坐着板凳端着米饭吃赵老师给我们端来的炒芹菜，一直到影片结束才打道回府！

看完一遍没过瘾！

有一天，耗子得意地跟我炫耀："我买影碟机了！进口的呢，花了大价钱，相当于一台电视机！"

我瞪大了眼睛，野心膨胀，把这个消息刻不容缓地飞奔着告诉小孟。我俩商定在一个没课的下午到耗子家重温"泰坦尼克"梦。

在耗子家狭小的卧室，我俩又重温旧梦，照常看得投入，看得专情，看得心潮澎湃，由午后看到黄昏，由黄昏看到星起。

耗子一家人摆好了一大盆疙瘩汤等我俩吃，直到看到苍老的露丝平静地絮语，我俩才灵魂归位，恢复正常，和耗子的家人共品疙瘩汤。

15 年过去了，我们因为庆祝一个孩子的升学而重聚在一起。

耗子早就不教课了，赵老师的女儿考入云南大学，她爱人调到唐山，她过着神仙一般的自在生活。小孟我俩早就有了自己的家庭，"影碟机"早已不再是新鲜事，好多年没有交流的我们谈起往事都倍感亲切。

耗子说："那时你们刚毕业，你们俩真像孩子一样，除你们之外，没人叫我'耗子'！"

我俩端起酒杯："感谢我俩吧！为有人叫你'耗子'而幸运吧！"

赵老师说："那时候就是亲，刚毕业在学校食堂吃饭，我跟她还不太熟，不太了解她，但就是想把她叫到我家里给她开小灶，其实家里也没有啥可吃的，看她吃炒芹菜吃得那么香，我就很开心！"

我笑着回应："一叫就去，不叫也去，去了就不走，跟你女儿比着看动画片！"

这一打开话匣子，话就长了，回忆也长了，我谈起了自己跟别人“最不见外”的一次经历：

刚刚工作，回家时同宿舍的人都回去，我父母不在老家，无处可去，学生一走，学校里空荡荡的，学校食堂不开火，我对街上的饭店也不熟，一个人在街上游荡。遇到一个我带着学生除草时认识的班主任洪老师。

我跟他打招呼，他的车把上挂着一袋馒头，他急刹车，问我：“吃过饭了吗？”

我老实地说：“没有。”

他说：“跟我到我家吃吧，不远的，就在学校的瓦房后面。”

我爽快地答应了！

跟他到了他家，进了家门才知道他爱人和孩子都不在家，原来家里只有他一个人！在那个昏暗的陋室里我感觉很不自在，想打退堂鼓了。他看出来了，笑着对我说：“没关系的，你的好多老师都是我的学生呢，单身时他们也到我家吃饭的，吃饱饭是真的！”

他端来了一小碗炖牛肉，让我就着馒头吃，真香啊！

我真诚地总结：“真够不见外的！傻死了！不过那炖牛肉真香啊！”

教师食堂的权师傅，都说老头脾气古怪，可是他遇到了我们这样的丫头片子就没辙了，搁不住我央求：“权师傅，小孟我们想吃饺子了，咱们包点儿饺子好不好，趁着人少时包，我们来帮忙！”“权师傅，我爱吃溏瓤鸡蛋，你提前先给我捞出来两个！”“权师傅，我爱吃白豆腐，你预先给我留出一块儿！”

权师傅的小厨房成了小孟我俩的地盘，看着权师傅在水池里麻利地洗韭菜，在白围裙上快速擦手，然后低头铲起一铲煤送进红彤彤的大灶，真像到了家里一样。

我以为只有我这个受益人才会感觉那些十几年前的傻事于我

是宝贵的青春回忆，没想到那些对我照顾有加的人也对往事心存怀念。

以前学校小卖部的大姐看着我女儿很亲热地对人说：“这邢淑兰的孩子都这么大了，她刚毕业时天天买方便面吃，酸奶从不买一袋，喝过瘾才走！在单身宿舍住了两年，我对她印象太深了，那时抬头不见低头见，跟一家人一样！后来，都在西关租房了还总跑到小卖部来买东西！”

“是！没买到方便面，你还送了我两包自家打的挂面，这事儿我忘不了！”我感激地说。

她的脸上已有了岁月刻下的密纹，但是看我的眼神依然亲切而温暖，跟亲人一样，充满了轻柔的关切和问候。

物是人非，时间是个神偷，会偷走我们爱的人和爱我们的人，但是我想，每个阶段都有每个阶段的记忆，与条件好坏无关。或许正因为现在条件太好了，我们的心反而太窄了吧！

在忙碌的空隙不妨让心闲下来，约好友人共享一碗热菜粥的滚烫和馨香，这不掺杂世故的亲情会因普通的菜粥唇齿生香、畅爽无比的。

时光如流水，不能重来，老年的露丝平静而幸福，沉没的“泰坦尼克号”虽然带走了她的杰克，但是不能带走她与杰克的美好爱情。

那艘给露丝带来特殊回忆的“泰坦尼克号”会在与它共度美好时光的人们心里愈发清晰、永不沉没的吧！

不懂事的清高

“道德是自我行为，不能因为自己清高就鄙视浊人；不能因为自己精益求精就嗤笑得过且过，每个人有每个人的活法，把异己者看作路边斜长的小草，它们不是美的主体，却可以做美的陪衬。因有万物的点缀，世界才多彩。”

这条我多年前发在空间里的“说说”，居然引起了现在诸多弟子的共鸣，让我意外和欣喜。意外的是，没有我的那段人生经历的孩子们居然能听懂我这随意而发的感慨；欣喜的是，但愿孩子们不要像年轻的我一样，扛着清高的大旗，在长辈的呵护里不懂事地张狂。

刚毕业的时候，我身着一袭白裙，标示着来去如风的清高。

独来独往，不参与办公室女人们的闲聊，在安静的一隅看看书、备备课，浇一浇在房檐下捡来的瘦弱的韭菜莲。

夕阳垂落的黄昏，怀揣一本书，独自坐在操场一角的石头上，任风吹，听鸟鸣，看操场边的小草细细地长。

我的学生们也像是学足了我的派头，在班里挂起了对联“运筹帷幄之中，决胜千里之外”，横批“老师放心”！

期中考试，我们班的语文成绩平均分超过平行班 10 分！

这更助长了我“卓尔不群”的倔强和固执。

这时，学校给我安排了“老师”，让一个资格老的老师来“带”我。

富态儒雅的他，进入了我的视线。

开始的时候，我是虚心的，带着取经的真诚去听课。

慢慢地就觉出了“味儿”不对：指点我的时候轻描淡写，让我无所适从；我讲课的时候，从不给我提意见，在一边看笑话；更有甚者，有同事明确跟我说这个人善于考前“套题”，到出题老师那儿“打探”作文题目，事先做准备……

他作为“老师”的形象在我心里轰然坍塌！

再不理他了！

不管什么事都不跟他商量，宁可跟其他同事探讨问题，也不问他。我准备公开课时，宁可请其他同事听我的课、指点我也不请他。

我鄙视他！我在心里宣誓。

整整有一年的时间，我一句话不跟他说，在路上碰面，我直视他，但是不理他！

同组聚餐时，他会自嘲地说：“邢淑兰是不跟我喝酒的，我知道，你们别跟她比！”

如果不是我们在一起“打伙计”的时间长，我想我甚至会终生都蔑视他。

那年春天，政府的一个官员要到学校参加“法学”报告，需要一篇500字的发言稿，校长让我帮忙草拟一下。

这下可抓瞎了，距离开会时间只有一小时，而我毫无经验，不知道人家要说点儿啥。一筹莫展之际，他发话了：“别急，我说，你写！”不到十分钟，稿子拟好了！

我感激地看看他，这是我第一次用“正眼儿”看他！

之后的聚会上，我虽然仍保持绝不敬酒的本色，但是态度缓和了，会跟他笑了。他则顺势夸我：“你们这批毕业生分到咱们学校的第一次考试是我组织的，我当时就记住邢淑兰的名字了，字写得好，文章写得漂亮！”

听他夸我，我不再抵触，送他温和的微笑。

这之后，我邀请他到我家的小瓦房里陪着在工地干活儿的爷爷喝点儿小酒，我不会做下酒菜，就吃生花生米。

再后来，他高升了，成了名副其实的上级。

但是，他从来都以长辈的身份对待我。

跟他在一起，从来都不觉得有高低贵贱之别、长幼尊卑之序，他总是嘿嘿笑着，嘱咐我一些做人的常识和道理，他笑我是个“野丫头”，说学校里没有人敢那么看不起他，对他“视而不见”长达一年之久。

我们的交往也如经年溪水，细而长流。

在一起闲聊的时候，我沉默的时候多了，我在反思：他的身上有很多我看不惯的缺点，但是他的优点是我缺乏的，譬如随和、机敏、善解人意。

过年聚餐的时候，一个同事因为家里困难带着孩子勉强参加。临走的时候，他说：“邢淑兰，我放在你张哥口袋里五百元钱，你就说是我们家你嫂子给孩子的压岁钱，都有份儿。不敢明告诉他，怕他不得劲儿。”

他是从学校走出去后唯一一个仍被大家理直气壮地呼为“大哥”的人，他是唯一一个每年给他拜年都不忘回请我们的人，他是唯一一个细心地给我们每个人都准备一份“小礼”的人：一挂鞭炮、一把剃须刀、一张擦鞋卡……

同事们说“苟富贵，无相忘”这句话不足以描述他，他还有“女人”的慧心，总能适时地给跌跤的人宝贵的一扶。

我越来越喜欢这句话了：地之秽者多生物，水之清者常无鱼，故君子当存含垢纳污之量，不可持好洁独行之操。

是啊，为什么要拿自己的“清高”和别人的“低俗”比呢？

万物有长，各尽其用。没有理由按照自己定的标准去衡量众生，山有山的刚强，水有水的柔美，树有树的挺拔，草有草的情调，花有花的芬芳，叶有叶的骄傲。

平和、理性是美的，让人觉得优雅和深邃；激情、感性是美的，让人觉得酣畅和兴奋；强悍、魄力是美的，让人觉得豪爽和坦荡；细腻、温柔是美的，让人觉得甜蜜和快乐……

当一个人只剩下了“清高”，眼里再没有别的了，他还是个可爱的人吗？这样的人怕是只能活在书里，成为风干的标签；或是活在自己的洁癖里，让人“敬而远之”。

放下“清高”的架子，用一颗温和的心贴近人群，会发现正是承载诸多秽物的大地使万物在它的怀抱里欣欣向荣。

千万别一味地“孤芳自赏”，那是一种不懂事的清高罢了。

7

第七辑

育 情

“母亲”这个称号犹如鼠标，可以在孩子这个屏幕上任意点击，很庆幸，我快速从追求完美、事事求全中挪开，点击了“自查”的按钮，击中了她幸福的触点，庆幸之余我警告我：“如果孩子做得不好，一定是我出了问题，如果我忍不住暴怒，那就先向自己开炮！”

幸福鼠标

生活像是走入了错车道，全乱套了，所有的忙碌像是赶集都挤在了这个暑假，搞得我心烦意乱。

在你们学校门口，一个阿姨发给咱们一张广告，说是剑桥英语班开展免费亲子活动，我特意带你参加，活动的内容有听课、做巧克力、画彩蛋等。

活动完，我一脸的不高兴，一路上不停地数落你："比你小的小朋友都能听懂那些英语故事，怎么你不到台前展示呢？难道你听不懂吗？一节课下来你很少参与，妈妈坐在那里很无趣，难道你上课也是这样听讲吗？……"

你睁大委屈的眼睛听着我的唠叨，然后沉默地看着我，把你做的笑脸巧克力和你画的漂亮的彩蛋送给我，我猛然终止唠叨，谁规定的你必须得上课表现好、必须得会配合老师？我开会不是也有走神儿的时候吗？

看你姥姥回来，车里放着流行歌曲，你本来小声哼唱，可是，唱到《落花》时，你忽然放大声音跟唱，我一听歌词，顿时发了火："这是爱情歌曲，瞎唱啥？能不能唱点校园歌曲，《采蘑菇的小姑娘》啥的？"

你小声嘟囔："《采蘑菇的小姑娘》二年级时都会唱了，小儿科！"

其实是因为那天你姥姥睁不开眼睛，没有精神跟我说话，我心里七上八下的，拿你撒气。

那天我们在车里听歌，你似乎忘记了以前我对你的呵斥，竟高声跟唱《落花》《蒙古汉子》等歌曲，那一刻我很诧异，没想到看不到歌词的你竟跟唱得神似！

不再关注这些歌曲是不是适合你，其实有什么关系呢？如果说有问题也是大人有问题，我们播放的都是我们爱听的，没有为你准备的儿歌。

再说了，小时候我不是也哼唱过《花为媒》吗？甚至《大花轿》流行的时候，6 岁的小外甥嚷着唱“让你亲个够”满大街跑，我不但不生气，还笑弯了腰吗？

你是我的女儿，别人我都能容忍，为什么对你那么敏感呢？

但我还是没好气。

在家里看你的作业，全是乱七八糟糊弄的，整整一本数学暑假作业，你全用蓝色圆珠笔瞎写上了，这哪儿是我闺女？

你看着我生气的样子吓坏了，在我耳边解释：“妈，我们的暑假作业留得太多，我生气就瞎写了，我知道错了，你看我用黑笔重新写了，还没写完，你看看前几页……”

我还是忍不住雷霆之怒。

跟你发完脾气，我躺在床上后悔不迭，无法原谅自己的粗暴：既然我没能做到好好陪你，我有什么资格跟你发脾气？仅仅因为你是我的女儿？

冷静下来，我拉着你告诉了你我的真实感受，告诉你我很后悔，很难过。

我放下一切，在家陪你，听你弹琴，陪你做作业，和你下棋，一起预习新课本，我命令自己以好心态和你和平相处。

我们背诵你的第一课《长江之歌》，你居然能在 10 分钟之内就会背诵，而且给我讲背诵技巧“先挑出重点词，然后连词成句”。

我按照你的方法也很快会背了，咱们娘俩你一句我一句高声背诵，尽情抒情，那个下午真是美极了。

我跟你说，这不算本事，我们高中的《蜀道难》你要是会背了才算你牛呢，没想到你很爽快，不到一个上午就拿下了，还会给我讲你的理解。

这让我对你刮目相看了！

咱们娘俩互相佩服，我是数学盲，你不会做的数学题找我，我虽然不会做，但是我会不慌不忙地给你念题，反复念，你豁然开朗后给我讲解，随后夸我是语言天才，真让我为自己的念题耐力自豪！

自那以后又一个月过去了，我再没有对你暴怒过，咱俩都很得意。

有一天早上你考我《意林·小小姐》上提的问题："你最幸福的事是什么？"

我跟你说起一件事：咱们一起看《百家讲坛》，讲到宋太宗特别勤政，早上不到5点起床，深夜才睡，说是只有勤政，才能体现价值。你发表意见："妈妈，你可别听他的，你可别这么累，你要是在学校实在累了就请假回家躺一会儿，你得会偷懒。"

回头你对爸爸下令："我妈的身体最重要，你别累着她！"

我告诉你："这一刻，我很幸福。"

我反问你："你最幸福的事是什么？"

我以为你会说起这些天我们共度的美好时光。

谁知你说出的是这样一句话："妈妈跟我认错是我最幸福的事！"

庆幸！

"母亲"这个称号犹如鼠标，可以在孩子这个屏幕上任意点击，很庆幸，我快速从追求完美、事事求全中挪开，点击了"自查"的按钮，击中了她幸福的触点，庆幸之余我警告我："如果孩子做得不好，一定是我出了问题，如果我忍不住暴怒，那就先向自己开炮！"

家是一个共和国

过完9周岁生日，女儿像是突然间长大了。

以前的她就知道造，不管屋子多乱，她也看不出来，照样玩儿得兴致勃勃。

慢慢地，她会打理她自己的屋子了，首先是把她的屋子按照她的口味进行“装修”，撤掉老掉牙的儿歌、拼音、古诗，换上她的画作，房顶挂上风铃，窗子贴上她手剪的窗花，花盆里种上她喜欢的茉莉。

其次就是她很在乎她的屋子的卫生，她不但会把她的屋子收拾整齐，还监管我俩的行为，对我俩发出严重警告：“不要把我的床铺变成‘城市’的垃圾场，请二位换衣服时把衣服带走，不要乱堆在我的床上！”

但是，她的干净也只限于她的屋子，其他地方一概漠视。

这些天，出现了新变化。

一天晚上，她做完功课，忽然说她要帮我做家务。她首先把我们的卧室收拾干净，不但把所有的杂物都收拾整齐，还把我们的被子焐好了！然后她又帮我收拾南屋和客厅，之后扫地、墩地，她说：“妈，知道我为啥这么爱干活儿不？”

"为啥？"

"因为我今天看了冰心的书，说一个小女孩儿总嫌自己家里脏乱，喜欢到邻居家写作业，后来她发现邻居家干净不是因为阿姨干净，是她的孩子干净，总帮妈妈干活儿！"

她边冲墩布边说："我虽然能造，是'能造神童'，但是我也是'干活儿神童'，每隔一段时间就让你觉得没白养活我！明天是母亲节，你尽情造，我收拾！"

我从不过母亲节这样的节日，但是每年她都记着，也不知道她从哪儿收集的信息。

我以为她这次主动干家务是心血来潮，是为了母亲节让我开心。

几天后，吃完饭她忽然说："妈，我得墩地！"

我诧异。

她说："我实在受不了了，这地也太脏了！"

可不是，她坐着吃西瓜的脚下一个个西瓜点儿，变成了一个个小脏圈儿。

她把客厅墩了一遍后如释重负，高兴地玩儿去了。

她由有目的地做家务到无目的地做家务让我感觉到她的心理和身体都在悄悄地长大。

一天下午，我忽然就觉得恶心、没劲儿，请了半天假回家躺着。

晚上的时候，好多了。想到虽然下午的课没上，但是两个班学生的试卷一点儿都没动，该高考了，无论如何也应该阅出来。她弹钢琴想让我陪着，因为很没劲儿，我就趴在她的床上判卷子。

她弹完琴出去了，我趴着接着判卷子。

恍惚听到了厨房有刷碗的声音，心下奇怪：莫非她在洗刷她的玩具？

后来她把我拉出卧室，让我参观：我们的卧室被收拾得干干净净，书桌上的书码放得整整齐齐，枕头摆好，被子平铺，连台灯都为我在床头摆成精神的“站姿”。她说：“我怕妈妈看书费事，把台灯给你准备好了！我知道妈妈和我一样最幸福的事就是周围清清爽爽，然后靠着床头看书！”

茶几上的杂物都不见了，只摆放着一个洗好了四个西红柿的绿色果盘，在日光灯下，整洁、明净、温馨。

她说：“妈妈爱吃西红柿，我洗好了，你想吃就吃。”

我高兴得拥抱她、亲她。

她问：“妈妈，我贴心不？”

我说：“贴心！你怎么主动干活儿了呢？”

她说：“妈妈没想到吧，快‘六一’了，妈妈没给我惊喜，我倒先给了妈妈一个惊喜！”

我说：“你不用妈妈唠叨就主动干活儿，不用我吩咐，真是没想到！”

我高兴得有些过分，很有“感激”她的意思。

她冷静地制止了我的“激动”：“妈，家是你的，也是我的，我干活儿是应该的，家是我们大家的，家是一个共和国！”

我为自己的“感激”赧颜。

是的，一直以来，不管孩子干点儿什么事儿，我都当成她是在为我分担，我对她除了赞许还有感动。

看来，孩子真的长大了，小小的她用她的想法纠正我的“错误”观念：干活儿不是为了妈妈，是承担自己该承担的那份责任，是为了我们共同的家！

交出房间的钥匙

女儿的房间一直由我来布置：窗帘是“小熊爬滑梯”的，床单是“小白兔”的，墙壁被我张贴得很乱：有书法作品，有绘画作品，还有看图学拼音、看图学古诗等儿童知识性挂图，然后又贴上了中国地图和世界地图，床头排起了书的长队，好不热闹！

我以为我握有女儿房间的钥匙，她的房间我做主！

慢慢地，情况发生了变化，当她领回了第一张“三好学生”奖状的时候，竟然“擅自”做主，把奖状贴在了门旁我预留的一大块白色领地上，奖状的四角被她用透明胶固定，贴得方方正正！

她居然不用我了！她才六岁，就想自己做主了！此后的奖状，我根本就不用操心，她贴好，我只负责“欣赏”！

更过分的来了！

她把紧贴书桌的墙壁画成了“花脸儿虎”，白墙变成了“花墙”！

之后的改造就更严重了，窗户上贴上了她手剪的窗花，窗帘被拉到两边卷起来闲置，下面放了一堆“小动物”镇压窗帘角，我新买的“美羊羊”床单被她及时调换到她的房间，房顶上贴上了她手剪的“风铃”，床头悬挂着《水浒传》的人物图像，她从书的扉页上一个个抠下来的。

八岁时，她居然把所有的儿童挂图摘下，在墙上画上了一大簇红梅，红梅深处还有卧倒的花仙子！

这还不算，她还在空白处贴上了一大排“袖珍美女”。

她别出心裁，在盛放蛋糕的小白碟子上写上字，把整个房间的内容勾连起来，一个碟子上写着“文化地理展”，贴在地图和书法作品中间，准是觉得“地理”体现得不充分，她用蓝笔在墙面上勾勒出一个“岳阳楼”的轮廓；另一个碟子贴在那一排美女像前，写着“模特展”……

我看这屋子被她“造”得不亦乐乎，就跟她商量：“妈妈把这些书法作品换成专门为你的房间书写的大字，然后装裱起来，怎么样？”

我以为她会欢呼雀跃。

谁知她小嘴一噘：“就你们的屋子爱干净，我的屋子就该乱七八糟？我告诉你，以后装修的时候，我就要大白墙，愿意贴，你贴你们屋！”

无语！

本以为孩子的房间一直该由我掌控，这样我才安心，可是我给孩子设计的房间，是我的房间，还是她的房间？是我理想的寄托，还是孩子想要的空间？如果这一切都是我的，她的存在有什么价值？

怪不得李嘉诚对两个儿子说：“我的公司不需要你们，你们自己去打江山！”

两个儿子不负父望，出色地设计好了自己的“房间”：李泽钜开设了地产开发公司，李泽楷成了一家投资银行的合伙人，兄弟俩成了加拿大商界出类拔萃的人物。

怪不得钢铁大王亿万富翁威灵顿·波特立下这样的遗嘱：“除了给每个儿孙预留三万美元的生活费，其他财产全部冻结，最后一个孙子去世12年后，曾孙们才能得到遗产。”

威灵顿的子孙们从“富二代”变成穷光蛋，收废品、当船夫……曾孙们目睹了父辈的艰苦，奋力打拼，15个人中，有9个成为亿万富豪，其他6个也都在各自领域获得成功。他们没有把祖父的财产悉收囊中，而是效仿威灵顿的方式，将祖父的精神代代传承。

“拼爹”这个词，越来越让人腿软，可是有了好爹的孩子真的如愿以偿、知感恩、明事理吗？

有多少明星大款在为自己的孩子“打拼”？不舍得让孩子设计自己的房间，一手操控，结果是不得不一把鼻涕一把泪地给已能自立的孩子“擦屁股”，向社会声明、给大众弯腰、向舆论致歉，这只包办的手，什么时候舍得缩回来？未来早晚是孩子的，你能管得了一时，能管得了一世？你能管得了一世，能管得了二世、三世？

更可怜的是中产阶级的父母，没有那么大的腰力，非要硬拼，给孩子交首付、找对象、跑工作、还房贷，众多债务一身扛，殊不知这“房间”设计得再好，能完全规避外面的风雨吗？

没有了勤奋创业的精神，在父母安排的房间里安睡一辈子就幸福了吗？

生活本是由酸甜苦辣咸构成的，凭什么你能五味俱尝，而只让孩子品尝“甜”的单调？

这是不是属于好心办坏事呢？可怜天下父母心，得琢磨琢磨，我看，该交钥匙就得交钥匙！

美丽的大自然

女儿这星期留的作业是办一张以“美丽的大自然”为主题的手抄报。

想起她办手抄报的历程，我心里既愧疚又欣慰。

她办的第一张手抄报是“红领巾心向党”。她完稿后给我看，我一看就火了，图画简单，字迹潦草，很明显，她在糊弄！

我让她重新来！

她倒也没反驳，主动又找来一张纸，精心构思，把画面和内容安排好后给我看，过关后认真完成。

事后，我问她生不生我气。她说：“我本来就是糊弄的，因为作业多，我写完作业就想把手抄报糊弄上，好跑去玩儿，妈妈不满意是应该的。”

我为此愧疚：要求严格是应该的，但是孩子作业多这个现实被我忽略了，孩子的任何一个举动后面都应该是有原因的，怎能这么简单粗暴呢？

但是，自此，她也吸取了教训。

第二次手抄报，她非常认真，我下晚班回来，发现书房的地上有 5 张草稿纸，有的上面是构图，有的是布局，有的是摘抄资料“华罗庚猜书”“高尔基救书”“苏东坡、鲁迅爱书故事”“关于读书的名言”，看着她的大字布满一大张纸，我很心疼。很明显纸太大了，书桌放不下，她趴到地板上写了，电脑椅上的棉垫被她铺在了地上，还没来得及收起来，电脑还开着，她利用电脑查资料了。

第二天她告诉我：“这张手抄报我用了差不多4个小时的时间才完成，都快10点了，困得不行，就回屋睡觉了！”

我为此欣慰，她知道用心地做好一件事情了。

这次，我想，她一定会做得更好。

我上班时她打来电话：“妈妈，我记得我刘瑾姐在咱们家画过一张画正好叫‘美丽的大自然’，我能翻出来看看吗？”

我同意了。到家后她拿出那张画跟我说：“妈妈，你看，我就打算在这片绿草上写上字，行不？”

我不高兴了：“妈妈最喜欢你手抄报的地方是你的想法与众不同，你刘瑾姐的画虽然也叫‘美丽的大自然’，但那是她的大自然，不是你的，你这叫变相偷懒！”

她马上说：“那妈妈把电脑打开，我去查资料！”

我说：“上次关于读书的资料你查查可以，但是大自然你是不用查的，你没见过大自然吗？你只要把你心里的自然画出来、写出来就行了！”

她不作声了。找出纸认真画起来，最后把布局给我看：太阳、草、花，再没别的了，我提醒你再想想大自然里还有什么？她说：“应该有水，我画个瀑布！”

虽然不尽善尽美，但是快8:30了，我赶紧让她停工，打会儿板羽球放松一下，第二天再干。

第二天是周六，我决定带她到大自然中走一走。

推出她的小自行车，我俩顺着黄台湖边一直往北骑，很好的太阳，一会儿我俩的额头就冒汗了。她说：“嗯，大自然中有太阳，还好，我画里的太阳比这个小，不这么热！”

我说：“你看看，我们眼前有什么？”

她说：“有柳树，有花，有草，有石头！”

我提醒：“看看草地上还有什么？”

“有喜鹊！”

我让她看远处：“你看看远处，你说说绿色有多少种。”

我们骑车的土路边是绿草地，不远处是小土坡，然后是一排排小杨树林，再远处是红色的灌木，再就是绿色的花秧，呈现出不同层次的绿色。

她给我解说：“有深绿、浅绿。”

我说：“说详细点儿。”

她接着解释：“嫩绿，刚出土的小草是嫩绿的；翠绿，小杨树的叶子是翠绿；苍绿，老槐树的叶子是苍绿；黄绿，有的一棵树上的叶子透着点儿黄色；还有黛绿！”

我好奇：“这种绿，我没听说过，你说的是哪个字？”

“‘林黛玉’的‘黛’！就是柳荫下那一片宽大叶子的绿色，像翡翠的绿！”

她兴奋了：“妈妈，我到家要重新画，我有想法了！”

“说来听听！”

“我要把‘美丽的大自然’这几个字写在一个个苹果上，苹果托在叶子上！然后画一棵大树，树干上写字。还要画上小鸟在草地上，小草很小，我可以在草丛里写字！”

我高兴地夸她：“这才是你的自然！”

心里颇为得意：怪不得达·芬奇的老师让他画了好长时间的蛋，生硬的理论说教就是比不得亲身实践！我为我这次顶着大太阳出行的决策很自豪！

我们前面出现了两条路：一条是曲折的林荫路，路两边是漂亮的串红和喇叭花；一条路两边只有草和树。我心里是神往漂亮阴凉的花路的，于是我站在花路路口征求她的意见。

她说：“妈妈往左拐，走左边的路！”

我跟着她走，原来路两边有喷灌，把小路边喷湿了，虽然没有浓荫，但是很清凉。

她在前面开路，故意接近喷灌，她索性停车，被浇湿了才跑回来叫我。

我骑车跟着她，我俩都被水点儿淋着的一瞬间，她兴奋地大叫：“妈妈，咱们没白来！”

我一惊，我心里的没白来是想让她做一幅漂亮的手抄报，她心里的没白来是来挨浇！

我们愉快地顺着小路前行，到了小河边，她下去蹚了一会儿水，惊呼看到了许多小蝌蚪！

我的“自豪感”被“单纯的快乐”取代！就如同在欣赏怡人的美景时不愿意再让相机来打扰。

我决心不再提“美丽的大自然”的事，就如同把相机放进了背包。或许太多的功利和目的会让“自然”不再美丽，她贴着水面认真地看着河里的蝌蚪的神情就是在享受美丽的大自然，何必提示？

谢谢你的原谅

闺女，第一次，你的数学期末考试中出现了 79 的分数。

你惴惴地进门，唯恐我们说你。

这太出乎意料了。

虽然你爸我俩商量好这学期对你放手，就是全靠你自己，我们对你的学习不过问。

妈妈跟你说的是："爸爸妈妈干好爸爸妈妈的事，你干好你的事，我们个人干好个人的事。"

你的表现一直让我比较放心，放学后就在我办公桌上写作业，我下课看你时，你的书包已经收拾好，到小花园你的"秘密基地"玩儿去了。

期末考试前，看到你中午不睡觉认真地把英语单词勾出来，重新写一遍，踌躇满志地说："英语没问题了！"

你说老师让在家好好复习，而你则想和我骑车到三里河游玩，你还笑着说，你都已经准备好了，没有什么需要看的了。

我好高兴啊，我愿意你自己把握学习的脉搏，该玩儿还是该学由你决定。

期末考试结束后，天下着密雨，你跟我说："妈妈，我们去预祝我考试成功吧！这次我要给你个惊喜，数学答得最好，能考 100 分！语文由于这学期一次都没考过，所以我答得特别认真，简直是期待！英语也没问题！”

我笑你还没出成绩就想预祝，你说：“出来成绩后咱们再正式祝贺一次，这次叫预祝，我想吃烤羊腿！”

我们高高兴兴去吃烤羊腿！

看着你的试卷，我的火气消了大半，语文和英语虽然丢了几分，但是答题态度非常认真，从你自学的结果来看，是不错的。

数学也不是不会，应用题思路都对，计算题由于小数对位和约分的问题，才导致结果错误，这说明你宣布数学答得最好没有错，因为你无法预知你的计算结果。

我让你自己把错题改过来，我做饭的时候你拿到厨房给我看。我看你的数学这次全改对了，而那两科问题本来就不大。

你歪头问我：“妈妈，你不会让我把‘预祝’吃的烤羊腿吐出来吧？”我笑：“不会的，从完全自己学习的角度来看，考得是不错的。”

你来劲儿了：“也就是说我可以看一会儿电视了？”

我接着下令：“把考试总结写完后再看电视。”

你二话不说，拿起笔记本就走，一会儿把总结写好交给我看，我重点看了你的数学总结，确实写到了约分和对位的问题。

我说：“不错，看电视去吧，虽然总结写得很好，但是也不代表你就没事儿了，自己查漏补缺！”

晚上下班，我差不多把这事儿忘了，看到你在我卧室的书桌上工整地给自己出了几道约分题，我对你比较满意了，至此，期末考试成绩，不在咱们家的话题之内了。

过了几天，你爸吃饭的时候忽然跟我说：“我打听了一个孩子的成绩，全在 95 分以上！”

我的心唰地就“红”了，直往上蹿火：“不是说好这学期做个试验，重点培养孩子的自学、自制能力吗？你怎么又主动跟你别的孩子比？你什么意思？”

还不到8点，我就进卧室睡觉，也不看书，把灯关了。

我在生气。

你蹑手蹑脚进屋，我说：“数学考得是太差了，怎么能不到80分呢？妈妈要睡觉了，你去找你爸玩儿吧！”

你关门出去。

我的心里难受极了，仿佛委屈的不是你，而是我。

半夜爬起来，去看看你，正好打雷了，我把你叫到我们卧室睡，看着你在我身边躺着，我摸着你的头发百感交集：说好了，不跟你要成绩，你努力了就行了，说好了你把错的题改过来就行了，说好了总结过后知道查漏补缺就行了，我没有做到有针对性地提高你的运算能力，我对你大撒手，又有什么理由埋怨你呢？我为什么怕你爸提别的孩子的分数呢？因为我怕，因为我不敢面对，因为我的心里没有真正放下！

我接着反思：我想要的到底是什么呢？身心健康。不是吗？你有信心、有动力，心态很好，习惯也好；你的英语和语文的理解不是分数所能说明的，是一种大语言能力；数学于你不是没有改变的机会，这只是个过程罢了，我为什么不允许你有“过程”呢？

我怎么能比你还经不起打击、比你还敏感呢？

记得在首钢游泳馆，那几个小伙子眼睛盯着水中的你，然后望定我问：“是你女儿吗？”

我说：“是！”

“真棒！”

他们说。

我好骄傲啊！

用你的话说：“为妈妈赚足了面子！”

我的女儿身心健康，这就是财富，我要的就是这些呀！

我亲了亲你，你居然没睡沉，对我笑笑。

我说：“妈妈说你，你生我气吗？”

你说：“不生妈妈气，数学确实没考好，看下次！我加油！”

我的飘飞的心回归地面，在你身边睡下，我想，我也是个孩子，只有得到了你的原谅才能睡得安稳。

女儿，谢谢你的原谅，妈妈不再因为外界的压力跟你发脾气了，不管你考出怎样的成绩，只要你是自信而努力的，我都为你鼓掌，我要给你以安静的支撑，像田野里的渠水，以一湾细流，静静流淌，给你以温润无声的灌溉。

那个被娇惯、被教育的人

我陪着你姥输液，你宣布晚饭由你来做。

饭桌上，你盛好了两碗面，最上面放着一个鸡蛋。

虽然我知道你姥习惯了吃粥和小豆腐，但我还是把你盛给我的那碗面端给你姥，万一她要是吃点儿面呢？

生病五个月来，第一次，你姥吃了面食：她把你做的一碗面全部吃光，还吃了那个荷包蛋！

我回到餐厅兴奋地跟你汇报，边汇报边给自己重新盛面，你的面已经吃完了，边低头喝着碗里的热汤边用筷子摆弄着碗里的荷包蛋，你总是习惯把好吃的留到最后，用你的话说，这叫“先苦后甜”。

你听完我的汇报，跟我说：“妈，我不知道姥姥也吃面，我只放了两个鸡蛋！”

“我就不吃了呗！”我仍旧沉浸在你姥能吃面食的喜悦里。

你突然放下已经用筷子夹起来的鸡蛋，把碗推给我：“妈，这个鸡蛋你吃了吧。”

“不，你吃吧！”

“我不爱吃鸡蛋，真不爱吃，妈妈吃吧！”

你果断地转身走了，把蛋给我留下了。

我吃着你留给我的你最爱吃的荷包蛋，感觉自己不像个当妈的。

十月份的月考成绩出来了，你在班里排名第 12 名，办公室里有两位同事的孩子，一个第 1 名，一个第 4 名。

我有点若有所失，回家犹犹豫豫地问你："你叫我谈小彭姨家的孩子啊？"

你似乎有所察觉，果断地拒绝："不要！妈妈，你是不是想拿她的孩子跟我比呀？我这次虽然考得不好，但都是自己努力的结果，你说你帮我着呀？我们英语老师每天都发短信'威逼'你考我一遍再签字，你却从不考我就签字，所以我考多少你都该知足！"

"那我该怎么想你？"

"你想我的优点！你就想'我大闺女咋这么好啊，六年级的题这么难，她还考得不赖！'你知道我跟我们同学说你啥呀？"

"说啥？"

"说你从来不因为我的考试分数说我，更不骂我打我，她们可羡慕了。"

虽然不提别人的孩子了，还是不想立即转移话题，于是接着说："阿姨们夸她们的孩子考第一，妈妈也跟着凑热闹了。"

"你是不是说，你闺女就没考过第一？"

"是啊，你咋知道的？"

你伸出小拇指。

"啥意思？"

"鄙视你！我二年级和四年级的期末考试都考了第一，我们班主任告诉我的，我到家跟你说你也没有反应，我还以为第一没有奖状重要呢！你总是记坏不记好，把我的话当浮云！"

我笑，算是默认道歉。

英语老师今天早上对我短信轰炸，说是明天期中考试，让家长考单词、考句子、考作文。

眼看要到点儿了，你姥又叫我说她想喝奶了，让我上班前给她热好，热好后，她又咳嗽不止，牛奶顺着嘴角流，我边收拾边心疼得叹气，心乱如麻。硬着头皮检查你，单词还不错，有个句子卡壳了，忍不住对你大发雷霆。

你沉默地瞪大眼睛看我，直到我下令你可以上学了。

这一上午我都愧悔万分，觉得不该跟你发那么大脾气，明明是自己精力不够，陪你太少，却瞪着眼睛挑你毛病。

我下决心中午到家就跟你道歉。

中午吃完饭，我把你叫到床前："妈妈上午发那么大脾气，你生妈的气吗？"

你没事儿人一样说："你想哪儿去了？你骂我后我就反思我咋补救了，我要是做得好了，妈就不生那么大气了。那我也觉得妈有点夸大。我的单词全对，句子只有'have'没想起来，你就发那么大火。我就在想，妈准是心情不好拿我撒气，妈你有气了尽管跟我撒，撒完就好了，就不会抑郁！"

我笑："你还知道啥叫'抑郁'？"

"抑郁的人准是有气撒不出来，所以你发脾气是好事。"

"那妈妈骂你后，你上学后都想啥了？"

"妈妈，咱们能不能想好事儿，不好的事儿不要提了。"

"想啥好事？"

"我就最爱想你像'仙女'的事儿。"

"像仙女？"

"那天我做牙套回来，你心疼地跟我说：'牙疼了吧，今儿歇着，所有的作业都不写了！'我总也忘不了那天的你，像'仙女'！"

哈哈哈，我大笑，干吗老把自己当成气急败坏的魔女呢？生活的阴雨在我看来浓得化不开，在你看来却是转瞬即逝的雷电，转眼之间，便会风收雨住、云开日灿。

常怀好事，常看好处，怎不会让日子过得云淡风轻？

我一把搂过你，亲了亲。

一直以为那个被娇惯、被教育的人应该是你，没想到是我。

不谈作业

近来因为孩子作业的问题颇为烦恼。

英语老师和语文老师都超级负责任，每天都有任务布置给我，每天一条校讯通，更多的时候是重复性作业，女儿的手上长了茧子，眼镜度数也越来越大。

我干脆下令："你背一遍给我听，就等于写了。"或者干脆发问："会了吗？"

如果她果断地说"会了"，我就不让她写了。

临近考试这一阵儿是滚动式复习，数学书抄的连计算结果都会背了。

而校讯通最后一条必是"抄三遍，家长签字，考一遍"！

这几天又添加了内容："孩子在期末考试前复习往往没有目的，请家长根据平时指导孩子的情况给孩子列出复习重点。"

又补充一条内容："家长按单元出题，题型如下……"不主张给孩子买参考资料的我赶紧去书店买期末考试冲刺卷，以减轻我出题的负担。

孩子的作业忙得我不胜其烦，而且为了对付作业跟孩子一起撒谎，虚假签字。

这让身边的人不满："你也太惯孩子了，别人都做题，就你们不做；别人都是高分，就你们……"

想想，我真是个不成材的家长，我对作业有抵触情绪，只要看着孩子连续写3个小时以上的作业，即使我在旁边陪读，看看闲书，也觉得要发疯，太憋得慌了。

我跟她爸宣布："我闺女就这样了，我们上不了名校，我们就上技校，我们不做女强人，我们就做女凡人，分数多了就真能生活幸福了？不管了，英语爱会不会吧，考90多分就挺好，非得一个也不错？"

但是接到的短信往往是："这次测试有好多孩子得了100分，请您好好帮助您的孩子做好复习！"

这样的短信真让我抓狂。

冷静下来考虑：在历史的长河中看，100分有那么重要吗？名次有那么重要吗？女孩儿有开朗的性格，有自己的爱好，有健康的身心不就很好了吗？我给她什么样的童年呢？玩儿、梦想、快乐，这些是她该有的，我就因为分数而给她剥夺？100分，得了更好，不得拉倒，不能延长她的学习时间，否则得不偿失！

不再烦躁不安，顺其自然，任100分随风而去吧！

准许她写完作业后看《意林·小小姐》，不再考查作业了。

她非常兴奋，手舞足蹈。

晚上睡前我找她："我想跟你说会儿话。"

"不谈作业！"

我俩同时说。

我关了灯，躺在她身边。

"就这样多好。妈妈，你多美呀，瓜子脸、大眼睛、细腰，跟个美人鱼一样。"她在黑暗中摸摸我的腰和脸。

"你也很美啊，皮肤这么好。你是愿意像爸爸，还是愿意像妈妈？"

“我愿意像你们俩的精华。”

不谈作业，我俩的心情格外好。

她说：“妈妈，我姥还知道穆桂英、杨宗保，她不是文人还知道文人的事儿。”

“你姥年轻的时候爱看戏。”

“妈妈，我姥准在边上装睡，其实是‘洗耳恭听’呢。”

她回头对她姥说：“姥姥，你是在‘洗耳恭听’吧？你睡觉吧，别打扰我们母女对话。”

我笑：“我们也是母女啊，你不让我妈和我说话？”

她也笑：“妈妈，我喜欢你现在这么笑，笑得咯咯的。”

“那还不好说，我天天跟你笑。”

“我还不了解你？你要是谈到作业就会连环暴怒，‘可见你上课咋咋着，可见你习惯咋咋着……’！”

我笑她学得像，问她：“你害怕不？”

“不怕。我计算过，超不过三分钟。一分钟教训我，两分钟沉默，然后就像个小兔子一样蹦到我面前拉长声叫我‘闺女’，火气来得快去得也快！”

我起身亲亲她，她在黑暗中伸着胳膊深深地拥抱了我。

不谈作业！

谢谢你的爱

晚上伺候完妈，特别累。

11 岁的闺女思凝主动把足浴盆放满水，让我泡脚。

一个月来，第一次 8:30 躺在床上睡觉。

蒙眬中，听到妈叫我，穿鞋跑过去看妈住的南屋，妈拉了，得换纸尿裤。擦好、洗好、换好，看表，12 点多，回屋接着睡觉。

刚躺在床上，闺女翻身搂着我说："妈，你太累了，早上我给你做面。"

睡得正沉时，又恍惚听到"小兰"的叫声，慌忙起身，跑到南屋，妈说好像又拉了，打开灯，接着擦，接着洗，接着换，完事，看表，2 点多。回屋接着躺下，闺女又醒了："妈，你老的时候，我也像你照顾我姥一样照顾你！"

睡得沉沉时，又恍惚听到妈的呼喊——"小兰"，赶紧起身，妈不好意思地说："叫你好几声了。"我说："准是累得慌，睡沉了。"再看，妈又拉了，仔细检查，大便正常，没有坏肚子的迹象，准是白天吃得多，肚子里存不住货了。仍旧给她擦洗干净，换好纸尿裤，看表：4 点多。天快亮了，临走叮嘱妈有事叫我的时候大声点。

第二天是周六，上完第一、二节课，我进家就上床躺着，头疼得厉害，嗡嗡的。闺女跑来跑去，不知道忙啥，进屋叫我，把我吓了一跳，她说：“妈，你看这个盒子，这里面有个金蛋，你把它砸开，会有惊喜！”

我不耐烦地训她：“我要累死了，哪有闲空砸你的金蛋？你自己玩儿去，别叫我！”她拿着她的粉红色心形盒子，边往外走边说：“你不砸就不砸吧，我放我屋，不给你看了。”说完下楼出去玩儿了。

她走后，我很好奇，打开盒子，里面装着一个鸡蛋，她在蛋壳上画了漂亮的图案，打开蛋壳，里面躺着一张粉红色纸条，上面画着一个戴眼镜的小女孩儿，下面有一行字：“妈妈，这个礼物有趣不？妈妈辛苦了！”

下午下班，妈又拉了很多，伺候完妈，又感觉累得不行，躺在床上休息。闺女居然把灯打开了，我嫌刺眼，蒙上被子。只觉得她一会儿进来一会儿出去，弄得门来回响，我不耐烦了：“闺女，妈想歇歇，你能不能消停地玩儿？”

她把门带上，肃静了。

我感觉好些了，起床，打开房门，哇，太干净了！

沙发上乱放的衣物全不见了，整个客厅清爽利落，橘黄色的沙发在日光灯下闪着暖暖的光，地面洁净，茶几上只摆着两盘水果，其他乱七八糟的东西全不见了。

闺女得意地说：“我收拾得快不？”

她跑来跑去，原来是往衣橱里搬运东西。

她又把我领到厨房：“妈，我给你盛好了鸡蛋面！”

她先尝了尝：“有点淡，可能是汤多了！”

尝尝她做的面条，感觉一天的疲惫都被这热乎乎的面汤融化了。

闺女站在一边高兴地说：“妈，你不知道有好几次我做面的时候都想叫你，比如放葱花的时候，油点乱溅，我吓得跑到一边，但是忍住不叫你，是怕我若这次自己不解决，下次我害怕不敢做了，我发现一浇上水就好了！还有水开的时候放鸡蛋，会有很多鸡蛋花……”

闺女，听你说得头头是道，我不但很骄傲而且很感谢你，你知道吗？

我从不跟姥姥发脾气，从不对姥姥不耐烦，从不对姥姥皱眉头，是因为妈妈心疼姥姥，84岁的姥姥每活一天，我都觉得是上天的恩赐，我要好好珍惜。

我尽可能多地陪姥姥说话，把最好的情绪给姥姥，即使正给姥姥收拾的时候，她又拉了，我也不嫌，照样不动声色地给她一丝不苟地洗换，就是想让姥姥知道，我很珍惜跟她在一起的每一寸光阴。

我像照顾婴儿一样照顾你姥，我要把你姥最后的时光过成最好的时光，把一天天对她的好摞起来，给她晚年最安心的日子。她得了什么病已经不重要了，重要的是，我要用我对她的好，让她焕发顽强的生命力，坚持到最后一天也充满对生命的依恋。

我不太喜欢老人的脸，可是对你姥却怎么看都喜欢，对你姥的白发和皱纹，百看不厌，给她洗完脸，再给她擦点“大宝”润肤。

我告诉你姥：“妈，我看着你像看花儿一样，你一定要好好活着”。

闺女，我把天使的一面留给了你姥，却把恶魔的一面留给了你，你不但不生我气，还时时体谅我，妈妈想对你说：“谢谢你的爱！”

尽管我知道，不管我怎样对你“凶恶”，你都明白在我心里我有多么爱你。

我用什么打动你

女儿上学后，我们让她自己睡。为此我特意给她的房间装扮了一番：墙上装饰上漂亮的图画，房顶悬挂她喜欢的风铃，床头摆上她最喜欢的小芭比娃娃。可是她仍旧想跟我们住在一起。她划分了三个待遇：跟妈妈睡是上等待遇，跟爸爸妈妈睡是中等待遇，自己睡是下等待遇。

她每天晚上都要让我陪她讲一个故事或念一会儿书，她再搂我一会儿才让我走开。可每每第二天她都要抱怨："妈妈，我的小芭比可美了，因为我睡不着，搂着她睡了一夜，我要是跟你们睡，它早就掉到地上了。为什么跟你们睡，我睡得就香呢？"

有一天我们回家晚了，发现她主动把被子搬到我们的卧室，她爸有些生气："你长大了，不应该跟我们睡了，怎么又搬到了我们屋？"

她并不着急回答，而是拉着她爸的手进卧室："爸爸，你看，我不但把自己的被子焐好了，还把你们俩的被子焐好了，而且我把你们的枕头拍成了'舒适'的形状，要是不让我在你们这儿睡，爸爸就享受不着这种待遇了。"

她爸看她拍得头形状的枕头，再无话说。

她非常想买小鸡，她爸给我们娘俩下了“最后通牒”：谁也不许提“小鸡”二字！

她倒也并不哭闹。中午在家写作业时，她边写边唱：“我想要小鸡呀，我爸不让买呀，我可爱的小鸡呀……”她爸说：“别唱了，太腻了！”

她反问：“不让我买，还不让我唱唱？大人啊，总也不能理解小孩子的心情！”

周末，我们想回老家看看，她爷让把她也带上。她马上问我：“妈妈，要是我爷爷送我礼物，你让不？”

我说：“你爷给你买啥我都不管。”

我们到老家了，她把她爷叫到一边秘密谈话。她爸说：“她准是想回老家让她爷买小鸡。把你绕进去了！”可不是，我这才想起来我说她爷给买礼物我不管的话，原来是有预谋的啊！

果然他爷爷笑眯眯地说：“我给我孙女买礼物，你们谁也管不着！”

她则在一边对她爸一本正经地说：“你不听你爸爸的话是要付出代价的！”

星期二，我到丰南参加教研活动，一整天不在家，晚上又有三节课，没见到她就直接上晚班了。

晚上到家时快十点了，见她还没睡着，我唠叨：“明天还要上课，你怎么这么晚了还不睡觉？”

她说：“今天一天没见到妈妈，我太想妈妈了，我怕自己睡着了，就上了闹钟，九点半后，估计妈妈快回来时，我就偷偷到窗口趴着看，又怕妈妈发现说我，所以看一会儿就快钻进被窝装睡，妈妈，我想你了，不看看你，我睡不着！”

我搂过她，再说不出一句责怪的话。

三八妇女节，中午到菜店买菜，我说：“这也太累了，今天我这个妇女也不解放一天？我站着都能睡着了！”买完菜，她说：“爸爸，你要是不做饭，就去买点鸡架吧，今天是妈妈的节日！”

她到家后让我看信箱，我在一个蓝色的鞋盒子上看到上面贴着一张纸条：“妈妈有信！”我掀开盒子，里面有一个心形信封，信封的两面都写着：“祝妈妈三八妇女节快乐！”里面夹着一条她用彩纸剪的“吊带长裙”，腰间还画着蝴蝶结，领口还挂着一条长长的项链！

她在一旁歪着小脑袋：“妈妈，喜欢吗？高兴不？”

我连着说：“太高兴了！”

她到书桌上写作业前，跟她爸说：“爸爸，你别把鸡架吃光了，我先写作业，写完跟妈妈一起吃！”

他爸故意逗她：“我正好趁着你写作业、你妈做饭的时候把鸡架全部吃完。”

她并不反驳，也没生气，而是快速地走到茶几旁，拿过茶几上的一袋薯片说：“爸爸，你昨天给我买的薯片，我没舍得吃完，给你留半袋呢！”

他爸掰鸡架的手，垂下，无力动弹。

8

第八辑

爱 情

爱如珠蚌，不张扬、不卑微、不恶搞、不粗糙，两双愿意相牵一生的手来到蔚蓝的海边，静待涵养的月华，共度无数清冷的岁月，绽放爱的光华。爱不光是心动，更是和谐，是美，是一颗心泅渡到另一颗心历尽沧桑的抵达。

爱如珠蚌

在“千言万语”手工蛋糕店里，陪女儿做手工巧克力。

桌旁围坐了一群做蛋糕的孩子。

迎面的两个高中生正在准备生日礼物，男生坐在红色转椅上旁观，女生在亲自操刀。我为她的巧手惊叹。

精美的心形巧克力做出来口味诱人，我追过去，挤在他们旁边，好奇地看她在巧克力上写些什么令人心动的美妙祝语。

我耐心地趴着看那个漂亮女生写出的第一个字，也在一旁观瞧的女儿说:“傻。”

我说:“别瞎说，应该是‘俊’！”

我搜索着有关“俊”的词语，都觉得不妥当，莫非她在写只有年轻人能懂的潮语?

女生不置可否，眼睛连眨都不眨继续专注地拿着“奶油笔”书写。

看到了她潇洒收笔的最后一个字，我知道，是我错了，闺女对了，前一个字的确是“傻”。

因为她最后一个字写的是“逼”。

我的嘴张了张，无法从词库里选出恰当的文字，给出恰当的点评。

不能以师道尊严的面孔来教育这俩高中生，这里不是教室，这里是娱乐的场所，本就该随心所欲；但也不想因为她的书法好就夸两句，我甚至想，即便是最普通的“生日快乐”也要比“傻逼”这两个字让我看着舒心。

是我的词汇落伍了，还是他俩的情调低俗了？

旁边一个六年级的孩子在津津乐道他们班两个孩子的“早恋”：

“我可以拉你的手吗？”

“可以。”

“我可以亲你吗？”

“可以。”

“我可以跟你上床吗？”

“可以。”

……

显然，这个孩子是在转述另外两个早恋孩子的纸条或悄悄话。

让“爱”情何以堪？

是影视催熟了孩子的爱情，还是对文化的继承缺少必要的重视？

人性的解放绝不意味着对“爱情”的随便和轻狂。

爱情之所以被万古不衰地礼赞绝不是因为它的速成和急功近利。

即便是表白，也应该是崇敬有余、虔诚有加，寄托圣洁感情的外物可以不名贵，但它一定是有重量的。

“涉江采芙蓉，兰泽多芳草。采之欲遗谁，所思在远道。”

在长有清香兰草的水泽边，姑娘蹚着江水，采摘水中一朵朵荷花，采来的荷花要送给谁呢？送给远方自己日夜思念的人。

“爱”因为有了“情境”的寄托而格外纯真、格外美好。

轻慢的“爱”，那是爱吗？是游戏，是玩笑，还是无知和愚昧？

喜欢年少的情动，谁说摇曳的树影里婆娑的拥吻不是生命蓬勃的风帆？

爱像种子，要经过孕育、成长，然后成熟。

喜欢李商隐的“沧海月明珠有泪”。

“珠生于蚌，蚌生于海，每当月明宵静，蚌则向月张开，以养其珠，珠得月华，始极光莹。”

多么美丽的传说！

爱如珠蚌，不张扬、不卑微、不恶搞、不粗糙，两双愿意相牵一生的手来到蔚蓝的海边，静待涵养的月华，共度无数清冷的岁月，绽放爱的光华。

爱不光是心动，更是和谐，是美，是一颗心泅渡到另一颗心历尽沧桑的抵达。

谁是你的最爱

“我算得上什么，我？辗转沟壑的不幸的姑娘，而你，我的孚比斯，你却是侍从贵族！真是异想天开！一个跳舞姑娘要嫁给一个军官，敢情我是疯了！不！孚比斯，不，我就做你的情妇，你的消遣，你的玩乐，只要你高兴。我是永远属于你的姑娘，我生来就只是这样！受侮辱，遭轻视，被玷污，那又算什么？只要被你爱！”

这是《巴黎圣母院》里美丽善良的姑娘爱斯美腊达的爱情宣言。

可怜的姑娘，她不知道她有多么可爱，她把花花公子孚比斯当成了自己的最爱。

这样的悲剧何止于法国的巴黎，何止于雨果的笔下？

爱他，便降低了自己。见过一对自由恋爱的男女，男的是大男子主义，媳妇打工的钱全部上交，买个背心也要申请。到家男的养尊处优倒也罢了，还动辄打骂，而女的要求极低：“只要不离婚，怎么对我无所谓。”因为她把他当成她的天、她的最爱。

爱他，便忽略了自己。四婶从我认识她那一天起就整天蓬头垢面，每天有忙不完的活儿，打狗喂猪，下地干活儿，夏天整天穿一件短小的脏背心，不到 40 岁，便双乳下垂至腰间，像布袋一样不避人群。而男人被她养得细皮白肉、干净利落。在他们有了一个胖孙子后，男人跟一个跟她年龄相仿的情妇公开同居了。她的反应很特别：“他是我男人，不离婚，就是不离婚，缠死那个狐狸精！”

爱，于是演变为一个人的“孤”爱，爱的只能是那个人的壳儿，那个人的魂儿已经丢了。

生活中的“他”是你的最爱吗？是的，没错，不爱他，就不能称为爱情，但他是你的最爱的话，你呢？你自己呢？谁来爱你？

除了男女之爱，一个不懂得爱自己的人同样是不会爱别人、收获别人的爱的。

苏东坡有一个著名的预测：

他和好友章停路经一峡谷，上面架着一条窄木板，章停向苏东坡提出从木板上走过去，在对面岩石的峭壁上题一行字，苏东坡不肯过去。章停独自走过那条深涧，然后把长袍塞在腰间，抓住一根悬挂的绳索，坠下悬崖，在岩石上题了“苏轼章停游此”六个大字，随后又若无其事般由独木桥上走回来。苏东坡用手拍了拍章停的肩膀说：“终有一天你会杀人的。”

苏轼的预言没有错，屡次想置自己于死地的就是章停。一个不爱自己的人怎会爱别人？

西奥多·罗斯福也曾因此输掉大选，错失民众的爱。

1912 年，罗斯福决定再次竞选美国总统。他在演讲时被刺客施兰克击中胸部，鲜血浸透了他的大衣，可他认为这正是展示他硬汉本色的绝佳机会，他拒绝就诊，足足坚持了 90 分钟，而此时子弹已陷入他胸部三英寸处，取出会十分危险，只得留在体内。他以为他强忍疼痛发表演讲的新闻会给竞选增加砝码，可最终他输掉了大选。

他自己总结：“我原以为自己的刚强值得夸耀，可民众却觉得它更应受到批判和谴责。没人相信一个不顾惜自己生命的人，会有能力保护好民众。”

是的，爱自己，才有能力爱别人，并得到别人的爱。

我和多年不见的好友干了一件奢侈的事：我俩，只有我俩，放下一切，喝咖啡。

我俩从6点钟的黄昏聊到了午夜，走在半夜1点多的街道上，我俩分外清醒：她答应我不再利用工作之余开眼镜店了，要好好陪伴家人、陪伴自己；我答应她除了自己感兴趣的文学稿件我将不再接任何以赚钱为目的的试题、写作稿件了。

我俩相约：让自己做自己的最爱，读书、旅行、美容、打扮，干自己爱干的事，有工作，有休闲，有家人，更有自己。

自己不丢失自己，自己不贬低自己，自己不忽略自己，把自己放在自己的掌心来呵护，别人爱与不爱又何妨？

当我用我的美丽晃你的眼睛，我不信，你看我的时候会不心疼；

当我站成一树的阳光，我不信，你看我的目光会不专注；

当我走出一身的笑靥，我不信，我是别人的会不是你的最爱；

我相信，爱美、爱灿烂、爱笑是人类的天性，当我把自己爱成了这样，我不信，在你转身的时候会舍得离开。

或许，自己是自己的最爱，才能衍生出无数的真爱吧。

《甄嬛传》里看甄嬛

宫廷剧无非卿卿我我的情爱、心狠手辣的算计、争宠吃醋的风波，聊以解闷儿罢了，哪里留得下印象？随着《甄嬛传》的热播，不经意间心里装满了甄嬛这个小女子的形象。

甄嬛在众“小主”中悄然独立，颇具意味。

是因为她的“有”成就了她的“无”吗？

她有很好的家世，作为大理寺少卿甄远道之女，入宫之后，妃嫔们对她的出身无人敢小觑，所以她能无视富贵吗？

她有很好的家教。父母亲在告别之际嘱咐她的都是保重身体平安顺遂的叮咛，所以使她不醉心品级吗？

她有很高的才华。不但能出口成章，还能将《长相思》弹得韵味十足，将“惊鸿舞”跳得举座皆惊，所以她无意苦争春、一任群芳妒吗？

但是家世好、有家教、有才华的“小主”有很多，有多少人能达到甄嬛的境界？譬如华妃，她得天独厚的“有”，则助长了她变本加厉地想“更有”。

所以，我想，倒是这些“无”成就了甄嬛的“有”。

无视权威，所以有纯真的情感。她唤真龙天子为“四郎”，想找的是一位真爱一生的夫君，想要的是一份至真至纯的真爱，这份爱恋非常普通，就像巧儿爱上赵柱儿，就像织女偏爱放牛郎，她在富丽堂皇的皇家宫苑中追寻的是寻常百姓的朴素情爱。

无视地位，所以有挚情知己。在冷漠肃杀的宫殿中，她有眉姐姐肝胆相照，她有流朱、槿汐舍命相陪，她有淳贵人无邪信赖，她有端妃危急时刻有意帮扶，她有宁嫔关键时刻出手相助。可知，不要埋怨世态炎凉，吝惜真情的人即使身在绿洲也会陷身沙海，剖心相见的人即使身处雪山也能化开一片春天。

无视富贵，所以有闪光的个性。当身怀六甲的她被皇上称为纯元的替身时，她绝望地与皇帝决绝！绝不做替身！最喜欢的玫瑰簪子不带、最名贵的玉鞋不带，这些一般“小主”的珍爱之物她全不放在眼里，她只带走了“长相思”。当皇上临驾空无一人的碎玉轩，他看到的是纯洁剔透的一颗心、超越凡俗之上的一份情。皇家珍宝众多，而真情稀有，我想“四郎”的眼泪里除了对甄嬛的思念，更多的当是敬重。

无视浅薄，所以有格局。当华妃身边的答应颂芝仗势凌人，身为丫鬟的流朱义愤填膺，可是甄嬛不动声色地开导她要“擒贼先擒王”；面对太监见甄嬛失宠而狗眼看人低，她摆出大家风范让人把花摆满一窗台；当华妃冤枉沈眉庄之罪真相大白，她深知年羹尧不倒，华妃便扳不倒，于是主动向皇上为华妃求情，大有“君子报仇，十年不晚”“不是不报，时候未到”的气概。

还有最明智的一点：不被人利用，所以有风骨。

《甄嬛传》里凡是被人利用的女人几乎都没有好下场。像投靠华妃的余莺儿、颂芝这些宫女出身的“小主”就是生了皇嗣的妃嫔也不例外，温宜公主生母曹贵人阿谀华妃、三阿哥生母齐妃投靠皇后，深受皇上宠爱的投靠皇后的祺嫔、安嫔都没有好下场。

可见，做人得有自己的是非观，不能做墙头草，要识大体、知大局，不靠谄媚别人活着，不靠邀取私利偷生，堂堂正正做人，坦坦荡荡行事，有主见，有眼光，有风骨，不但人不能欺，还能活出滋味和神气。

曲终人散之际发现很多人是自己害了自己，比如皇后，比如安陵容，她们本有皇帝的疼爱，可是她们自轻自贱，嫉妒别人也看不起自己，用自私的眼睛去打量别人的真情，用自贱的心灵去称量别人的贵重，因怨而生妒，因妒而生恨，因恨而不择手段，因此不得善终。

看来，阴毒之人即使暂时得逞，最终也会得到惨烈的报应。还是出宫前的甄嬛好，她看重自己，她珍视友情，她善待下人，她追求真爱，所以单纯善良的她获得了果郡王的真爱！

而对于一个女人，此生，一次真爱，足矣！

做自己的公主

在水立方的书画展览馆，看到汪玉涵画的一幅画:《血蝴蝶》。画面上一只漂亮的蝴蝶，蝴蝶中间是一个婀娜的女人形体图，在那暗红的画布前，我伫立良久。

不知道作者画《血蝴蝶》的用意，只是我想，女人应该是漂亮的蝴蝶，这没有错，可是为什么是“血蝴蝶”呢?

在一个连绵的阴雨天，我在街道的拐角碰到了昔日的同窗:凌乱的头发下是满眼的憔悴和落寞!

把伞移过去，为她遮挡漫天的雨丝，她忽然就抱住了我:泪如雨下，失声痛哭!

20 年了，20 年我们没有见面，当年的她是学校里响当当的人物，一路顺风顺水考上了名牌大学，模样俊俏，聪明干练，怎么落得这般田地?

她说:“没有了他，我怎么活? ”

我以为她说的“他”是她的丈夫，她摇头:“老公新娶的姑娘又为他生下一个女儿，一家人其乐融融，连儿子也疏远了我。”

那“他”是谁?

原来，“他”是恋了她 20 多年的同事!

他追了她十年，好了十年，在她痛下决心抛夫别子，为感激他的“离婚”而净身出户后，她才知道他的承诺都是骗局！他答应为她买的房子写的是他女儿的名字，而他和公司里漂亮年轻的小妞远赴哈尔滨度蜜月！

我和她来到她租住的小屋，屋子冷冷清清，我看了冰箱和厨房，居然什么都没有！

我冒雨为她买来水果和吃食，为她洗好，又进厨房给她做了一碗鸡蛋面，端出来放在她面前，她大哭。

我摇晃她：“别哭了，没有了疼惜你的人，你哭给谁看？！”

她一个人在这样一个阴雨天我不放心，我联系她的家人。可是她坚决不允。她说：“我不愿妈来陪我，她都70多了，无法交流，心烦，即使她惦记我我也不让她来！她来了，只会添乱！”

我望着她，像望着一个陌生人！怎么可以这样对待老妈！

走的时候，我拨通了她弟弟的电话，他说：“她这是自作自受！这么多年来，她的心里只有她自己！爸妈供她上学，但是没穿过她买的一双袜子！结婚这么多年，她从来不做饭，要么是以前的姐夫伺候，要么是我妈伺候她，可她从不知足，她以为全天下的人都应该心疼她！都40多岁的人了，还把自己当成别人的公主！”

再次见面的时候，她张大着无助的眼睛，眼泪扑簌簌滚落，真仿佛是童话中落难的公主。

“别哭了！没用啊！”我心疼地说。

“走出你栖身的小屋吧，我们早已不是别人的公主了。生活中除了‘爱情’还有其他的情感，怎么能总生活在不切实际的浪漫中呢？其实，每个人都不容易，即使看起来家庭圆满的人也都有自己的苦处。痛，不是你一个人的专利！你没有理由让你的亲朋总为你的痛买单。”

每个女人都希望自己是被别人娇宠的公主，可是在这个世界

上除了父母会把自己看成永远的公主外，还能有谁对“衣来伸手饭来张口”的女人视为一生的公主？

“爱我的男人！”她会说。

可是，现实的生活中真的有永恒之爱吗？生活不比“韩剧”和“琼瑶小说”，有哪个女人会幸运地成为被宠爱一生的公主？

我相信有的男人喜欢弱不禁风、小鸟依人的女人，但是我更相信男人也是人，那些健康、开朗、活力四射、从容镇定的女人，会更让他们心动！

整天伸着一双大手为别人遮风挡雨、辛苦觅食或许只是无奈之举，这更多地是出于亲情或同情，而不是爱情！我相信男人是更讲究现实的人，他们也希望在酒醉之余、在打击之后，有被娇、被宠、被呵护的感受！

如果有那么一刻，有一双小手，为自己端来热乎乎的饭菜；有那么一颗心，为自己千疮百孔的心灵输氧，这样的“知己”岂不惬意？

而要拥有一双能够抚慰男人心灵的手，首先得舍得让自己千锤百炼！

蝴蝶是美的，但是浴血的蝴蝶才会有恒久的美丽！

所以，别傻到总把自己看成别人的公主吧！用自己的双手去创造幸福，用自己的心灵去衔来幸福，做自己的公主，自己照顾好自己，自己照顾好家人，即使遇到再大的风雨，也会迎来朗照的阳光，而有了刚健的自己，爱情才不会缺席啊！

爱他，就要灿烂自己

不要相信“婚姻是爱情的坟墓”的戒语。

凡事都没有定数，更何况婚姻。如果你为一份美丽怦然心动，那么你想到的一定是与那个人相守一生。

《教父》中的迈克与西西里女孩儿一见钟情，他一定不会犹豫娶她为携手终生的爱人。

即使是心肠最硬的男人碰到带着露珠的娇美的鲜花也不会是践踏，而会是欣赏和喜爱。

作家严歌苓不管写作有多么忙碌，总要在丈夫下班前把自己打理好：雅致的衣衫、温馨的居室、浪漫的餐桌……每天一份惊喜，每天一个变化，善待的是爱人，更是自己。

所以，婚姻这道线不算什么，要问的是自己：还是一朵花儿吗？优雅的外表和馨香的心灵不仅让别人心动，也会让自己心动。

如果因为婚姻这道保险锁把自己放纵成一个不修边幅的“管家婆”，那么即使是心灵淳厚的“园丁”怕也失去了“怜香惜玉”的爱心。

如果你是他心里的灯盏，即使隔着万水千山，也会敬你如佛，想尽办法抵制诱惑。在没有约束的情境下，真情是唯一的约束，爱一个人，想想都是醉的，念念都是美的，哪有心思去招蜂引蝶？

如果你是无光的暗夜，即使面对面、手牵手，同桌共饮、同床共枕又怎样？心里为另一份语言所牵动，眼里为另一份表情所遮盖，身虽在而心已去，咫尺的近成了渴盼解脱的远，抬头的见成了恨不得立刻换了眼前人的煎熬。

所以，如果自己没有灿烂的光华，距离再近也是视而不见的远。

爱他，就让自己更好吧！

世界很大，爱情很小。

收拾旧物，翻出了那些陈年的旧信，数了数，数量最多的不是情书，而是那些可以“参禅对坐”的“哥儿们”、是那些“不吐不快”的闺密写的。

爱情不是唯一的情感，在我们的小小人生中有那么多牵挂我们的人和我们牵挂的人。所以，不管他爱与不爱，都要让他感到“我”很美好、“我”很强大、“我”很幸福：“如果你不爱我了，这么好的我一定有人爱！”

当你不爱我了，我不会“死给你看”，我一定会“好给你看”！

爱他，就要灿烂自己！

我有我的喜怒哀乐，我有我的悲欢离愁，我有我的工作，我有我的梦想，我不会傻到用对你的好而隐没我的光芒。

不管什么时候，我都是独立的，你都是自由的，我不是你的藤，要攀附你而存在；我不是你的保姆，要靠照顾你留住你爱的脚步。

你是自由的，我给了你爱的自由，同时给了你不爱的自由。

因为我也是一个宝，不管你的爱在与不在，都无损我的光华和灿烂！

适合的，只有一个

二十几岁的学生最喜欢跟我聊的是他们的爱情。

有个男孩儿说："老师，我都已经在她身上花一万五了，我们好了两年，可她还是跟了别人。"

我说："你确定她爱上了别人？你应该跑一趟，距离可能会产生误会，再先进的信息技术也代替不了面对面的心灵沟通。"

他说："我去了。在她们学校待了两天，把她哄好了，不过，现在她明确地告诉我她爱上她师兄了。"

我笑了："止住吧。她不适合你。爱情不是靠钱物哄来的，也不是靠形影不离宠来的，找媳妇讲究两个字'踏实'，女孩儿不一定多么漂亮、多么聪明，你一看到她很踏实，找到这种感觉就行了。这样的女孩儿，说不定你给她买一串糖葫芦，就愿意与你风雨同舟。"

另一个男孩说："老师，我喜欢的女孩可漂亮了，就是脾气太大了。我俩动不动就吵，她生起气来不得了，有一次吵架她拿起玻璃片就想自杀，吓坏我了。"

我说："我不了解这个女孩儿，但是从婚姻的角度考虑，我不赞成你跟这样的人携手一生。未来的妻子应该是一个能够与你共承风雨的人，至少她不是需要你应付的风雨。”

还有一个男孩儿说：“老师，我女朋友在钢厂上班，我俩已经好了五年了。但是我妈不愿意，说我研究生毕业后可能会留在北京，会有很多适合我的女孩儿，我妈叫我跟她拉倒。”

我体谅家里老人的心情，但是我绝不同意在没有任何主观的拒绝的理由的情况下拒绝一个姑娘的痴情。我没有直接回答他的问题，坚持还是拒绝是他的选择，我给他讲了个故事：

一个女孩儿长得非常漂亮，家境也不错，父亲是水利局局长，母亲在电力局工作，她是父母的掌上明珠。她是我们宿舍里唯一一个能够确定留在城市工作的姑娘。

她有一个很帅气的男朋友，叫许涛，父母务农，家境不好。她是高中复课的时候认识许涛的。许涛对她非常好，但是高中没有表白。后来由于父亲生病许涛没能上大学，他选择了自考。他把每一次过关的成绩单都寄给女孩儿，他大胆地表白自己深爱女孩儿，是的，他现在还谈不到好的前途，但是他保证他会证明给她看。

他们相爱了，我们大家都很支持他们。男孩那么帅气又那么有志气，女孩那么漂亮又那么善解人意，真是一对让人羡慕的情侣。周末、节假日是他们相会的日子，我们在女孩儿归来的时候会把头碰在一起分享他们的照片，尤其是他们两个在北戴河拍的照片，此后我看过很多人的结婚照，但是不管多贵的价钱都没能拍出让我那么震撼的照片：两个人，两个热恋中的普通人，没有深情对望的做作，没有镜头前假装亲吻的亲密，有的是并肩而行的迎着晨曦的侧影，有的是一块儿在沙滩上描画“爱”字的并排的手指，有的是女孩儿欲从岩石上跳下，男孩儿张开双臂的关切，有他们迎风高喊的笑脸，有他们两手相握的默契……我们宿舍的女生把他们两个的爱情作为爱的经典来崇拜。

男孩儿在两年之内拿到了本科所有学科的合格证，准备考研。

女孩儿的父母不同意他们交往。条件悬殊，可以理解。

女孩的工作基本稳定了，在一所大学做辅导员。半年后，女孩儿动摇了。她不再津津乐道她的许涛，也很少去赴周末的约会。我们慢慢地发现：女孩儿在跟别人约会，而且不止一个。有的是别的系的男生，有的是她哥哥单位的职员，有的是父母托人介绍的对象。

她宣布她爱上了舞会上一个高高大大的男生，不久她又宣布她爱上了上自习时与她同桌的体育系小伙子，毕业后听说她和一个美术系教授结婚了。

她的理由是：现实是明摆着的，许涛不可能留在她所在的城市，不可能和她朝夕相处。与其困守于一份不能相聚的现实，还不如趁着年轻寻找一份可行的爱情，她还年轻，世上的男人很多，适合她的不会只有许涛一个。

时光流转，15 年过去了，女孩儿已近中年，她有了儿子，有了家庭，我们再次相见，她却慨叹：如果能够重新选择，我会义无反顾地选择许涛。

我说："是因为许涛靠自己的力量不但闯进了你的城市，而且步步高升成为一家乳制品的老总吗？"

她摇头："不是的。即使许涛还是一个农民，让我现在选择，我依然会嫁给他。"她说当时果断地离开许涛，是因为妈妈说："人生的路还很长，不要被眼前的风景迷惑，说不定后面还有更适合你的人在更迷人的风景里等你。"

向前找，才知道路遇的美景无数，但是凝视的心动，相拥的心跳，心意的相通，这些，是可遇不可求的。

她说："我现在过着别人眼中的幸福生活，我的丈夫也很爱我，但我知道妈妈说得不对。婚姻不同于旅游，合适的可能有很多，但这也就是'将就'或叫'凑合'；适合的，其实是唯一的，找到了'适合的'，才能叫'如意'，才能叫'美满'。"

故事讲完了。

我以一个母亲的口吻、一个过来人的身份，还是忍不住感慨：“不要放弃一段感情，除非对方不爱你；不要因为不可预知的未来瞻前顾后，真正的爱情不是奢侈的，那是一种朴素的温暖，素淡而不张扬，踏实而不浮躁，它不是可口的饮料，只为刺激你一时，它是解渴的白开水，能够滋养你一世；不要以任何理由轻视自己内心的呼唤，不要把爱的享受变成爱的煎熬。”

真正的爱情是不朽的，是唯一的；真正的爱人是无所求的，是为他（她）的。不管今天的情感有多么多元，但是人们依然会为“梁祝”而断肠，依然会为兰芝的“举身赴清池”而哀婉，依然会为仲卿的“自挂东南枝”而泪流。

“宁愿在宝马车里哭，也不愿在单车上笑”的爱情是有的，但它注定是悲情的。孩子们，要知道“我的爱情我做主”！这世上，真正适合自己的，一生只有一个，错过了，就不再有了，找到它、留住它、呵护它，那时候，别忘回复老师一声：“老师没骗我，真的呢！”

不要送“过去”

禁不住为这样的照片怦然心动：

一个梳着小辫子的很清秀的女孩子，一个同样清秀温暖的男孩子抚着女孩儿的双肩。女孩儿没有化妆，略显凌乱的刘海自然低垂，衣着朴素，是当时那个年代很流行的的确凉衬衣。

我问这个“当年”的女孩儿，她身旁的男孩儿是不是我现在的“姐夫”。她说：“当然是啊，我们是高中同学，他毕业后当兵，我上师范，我俩鸿雁传书，毕业后我们就结婚了。他本来有机会留在八达岭的，因为放不下我，回到咱们这儿，被分到了一个乡镇派出所。我就谈过这一次恋爱，不像现在的年轻人有很多‘过去’。”

由衷地羡慕！

在这个年代，什么都不稀奇，恋爱谈多少次好像都无所谓。

但是，在心底里，我仍旧羡慕那些没有“过去”的恋情。

纯粹而单一，温柔而美好，相遇相识相知相恋，共同走上婚姻的红地毯，两个人也经风，也见雨，但是情投意合的两颗心自会在外界的风雨中为彼此营造一方无雨的晴空。

或许，每个人都不可避免地有过去，但是如果造物主让人类重新选择，我想，还是有很多人愿意选择走“过去”最少的那条路。

虽然，“过去”也是经历，也是财富，也是阅历，也是见识，它使人生厚重，它使人生丰富，它使简单的人不得不思考，它使浅薄的人不得不深邃，但是，如果可以选择，我不要拥有“过去”的人生。我想，如果是弯路，我绕得越快越好；如果是苦难，我逃得越远越好；如果是爱情，我只想拥有一次真爱！

是的，弯路，不是不可以走，但是，要承受怎样的沉重？

是的，苦难，不是不可以经受，但是，要承担怎样的疼痛？

是的，初恋，不是不够美好，但是，如果失去，要体验怎样的碎裂？

不喜欢《小芳》的歌词，歌词里面沉淀了太多的“过去”，而行走在这“过去”里面的是一个不敢面对真爱的怯懦的男人。

不同意把所有的悲剧都交给时代，时代没有错，错的永远是怯懦的人。如果每个人都不想给自己留有太多的“过去”，双方都足够的勇敢，最坏的结局也莫过“梁祝”，顶多双双以死明志，但事实上，两个真正相爱的人哪能就真的活不下去呢！

悲剧，往往在一开始就是注定的，一开始就抱着无所谓的态度：爱也就爱了，大不了分手。

想告诉那个《小芳》中的男子：“谢谢我给你的爱，今生今世你别忘怀；谢谢我给你的温柔，伴你度过那个年代。”凭什么，我要接受你的怀旧，而你，应该为我的真爱而唏嘘。

想说，恋爱中的人要善待自己生命中的每一个“小芳”，既然是喜欢，就想着是跟她携手一生；既然要拥抱，就想带给她一生的幸福；既然想亲吻，就掏出心来要定了她。

如果不爱，请远远地走开，不要给小芳一个“心动”的过去，许多年后，哼唱着伤感的歌曲来向往事道个歉，说声对不起。

要知道你的青春是青春，小芳的青春也是青春。《诗经·氓》中说“士之耽兮，犹可脱也；女之耽兮，不可脱也”，对于“士”来说，“过去的已经过去了”，可是对于把自己的一生幸福都寄托

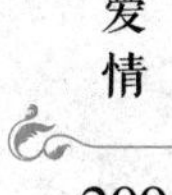

在“士”身上的女孩儿来说，这“过去”可能一生都“过不去”！

“过去”的本该过去，可是要是“过不去”了可怎么办?

会让无望之痛伴随一生!

其实，无论男人还是女人，如果真爱一个人，都要认真，都要承担，都要真正地投入。

很多年前看的一部有关“文革”的小说叫《命运瓦砾场》，小说的结尾一直让我震颤：女主人公站在自己和丈夫新婚时的房子前泪流满面，她因为丈夫的右派身份而果断离婚，可是辗转漂离，本来为自己的幸福而离开的她却彻底失去了幸福，就像眼前的一堆瓦砾，除了碎片还是碎片。

所以，如果真爱，就勇敢地选择在一起，不要给对方一个凄美的借口：至少我给过你一个“过去”！要知道伤痛再美，它也是伤痛，即使愈合得再好，也会在某个阴天隐隐作痛。

给爱情画个圈儿

认识一个小伙子，勤勉踏实，大学毕业后在政府部门谋得稳定差事，家风淳朴，家里老人厚道实在。

将他介绍给待字闺中的几位姑娘，都没有成功。

遗憾之余，进行事后回访，原来姑娘或是姑娘的家人都有个圈儿：个头、长相（包括黑白）、父母是否是有养老保险、有楼、有车……

难怪工作后男孩子找对象困难，女孩子也困难，因为“入圈儿”的不多。

于是，家里有上大学的女孩子，母亲会担惊受怕地反复叮咛：“别在上学期间谈恋爱，前途未卜，不靠谱儿！”

于是，家里有上大学的男孩子，尤其是条件不“齐全”的家长，往往会叮嘱儿子：“想着在学校找一个，毕业后就不好找了。”

毕业前和毕业后，何以对爱情的要求有着天壤之别？

或许是因为这份恋情没有被画过圈儿？

喜欢你，不管你的身高，不管你是黑是白，不管你有怎样的家人，不管你有怎样的未来，我只爱现在的你。

你冷的时候，我会想着给你送衣；你饿的时候，我会想着给你送饭；你累的时候，我会想着挪下你肩膀上的担子，为你挑一会儿；你寂寞的时候，我会想着坐在你身边，跟你唠嗑儿……

眼到、手到，这不算什么，重要的是神到、心到。

尊重你的每一个小小的劳动，哪怕仅仅是得了五十元的奖学金，哪怕是毕业论文顺利过关；心疼你的每一个小小的不爽，哪怕仅仅是宿舍的蚊子太多，实习的时候环境太差……

愿意拉着你的手看个没够，不是想让你给我多大的抚爱，而是检查有没有零星刺痒的小痘痘，想亲亲它们，亲亲你身上所有微不足道的刺痛和痒痒，因它们在我的心里被无数倍地放大，我愿用我一生的心力为你祈祷。

愿意按照你期待的方式成长，或者现在的我还很青涩，或者现在的我还很幼稚，或者现在的我还很羞怯，但是，我会变化，我会成长，我会在岁月的年轮里一圈一圈融入你期待的样子。我很笨拙，但是亲爱的，我愿意为你而努力。

这样的爱情不怕被抛弃，不会因为你的撒手而以轻慢自己生命的方式相威胁，因为懂爱的生命有厚度。

亲爱的，这就是没有画圈的爱情，有情有义、无欲无求，不呆守岁月，不抱残守缺。

画圈儿的爱情爱的是你的过去和未来，想让你的过去和未来在现在这一刻达到现世的完美。

而不画圈儿的爱情爱的是你的现在，不去考虑你有怎样的过去和将有怎样的未来，都愿拉着你的手，站在蓝天下，和你奋斗出一个共同的未来。

不画圈儿的爱情很少能被放下，画圈儿的爱情很少能得到心安理得的真爱。

看到朋友圈里转的这几句话，很感慨：

“你住的城市下雨了，很想问你有没有带伞。可是我忍住了，因为我怕你说没带，而我又无能为力。就像是我爱你，却给不了你想要的陪伴。”

不知道说这话的主人公是不是当年为爱情画过圈儿的人。

对于男人来说，世界很大，老婆很多，很想去看看。

扔下圈儿外的恋人去“看看”圈儿内的老婆，看来看去，见识的女人多了，好像活得很富足，找到了婚姻，得到了爱人。

回望来路：

能对见识的圈儿内的诸多女人说“我爱你”，对于圈儿外深爱的那一个，始终没有说。

能自然大方地给圈儿内的女人婚姻的奖赏，对于圈儿外真爱的那一个，始终没有给。

回首恍然大悟：

那个不曾被画过圈儿的女孩儿已被深埋在心海之底。

其实，那些自以为忘了的事儿，没有忘，是埋了。如果不能再爱，只能深埋。

世界真的很大，女人也真的很多，但是看来看去，能给自己的心灵端来清冽之水的女孩儿，还是没被画圈儿的那一个。

不管自己过着怎样的日子，都希望深埋在心底的爱人不会在生活的暴风雨中淋湿。

可是，伞，再也不能送。

爱的痛悔就在这想做却没资格做的小事里。

对于一个人来说，再心硬也不愿意贬损自己的初恋，因为在那样的恋情里，自己不被画圈儿也没有给对方画圈儿，这种源自天然的爱情纯正而美好。

所以，圈儿还是不画的好，还爱情以本色，猝不及防又顺理成章，怦然心动又水到渠成，把你的心放在我的心里，有雨的时候，有我为你送伞。不画圈儿，所以不遗憾。

有一则新闻说，一个被20个女子“灭灯”的小伙子4年后身价超过了一个亿。当年他在求婚台上没有许姑娘们现实的财产，而是许给她们他描画的未来。

但是，20个台上的姑娘，只看到了眼前两手空空的他，不相信理想能够兑换成财富。

无论如何还是要做一个“识宝人”，心灵手巧的刘巧儿之所以看不上腰缠万贯的“王寿昌”，而是喜欢“劳模会”上的赵振华，我想，还是赵振华身上有着她想融入的真爱。

和“爱”无关的，即使许以婚姻，也只叫“搭伙”；而和“爱”有关的，即使不能“入圈儿”，也是真爱。

古时候有个女子，失去了一目。但是她不愿苟且嫁人，眼看年龄已大，家人非常着急，可是她打定主意找一个爱自己的人。终于她遇到了一个和她一见钟情的书生。

和书生结合后，两人生活非常和谐。有人见不得书生迷独眼老婆的样子，劝他说：“世上的女子有很多，你只看到了有一只眼睛的姑娘就沉迷如此，还有好多两只眼睛的漂亮女子你没见识过，可惜，可惜！”

书生答：“我只爱这个有一只眼睛的女子，其他有两只眼睛的女子，在我看来，另一只眼睛是多余的。”

爱情是不必画圈儿的，或者，画了圈儿的爱情是给别人看的。如果能够，如果可以，请爱深埋在心底的那一个，那个你从不曾画圈儿是否可以携手未来的人。